Francine Pascal

Les jumelles de Sun Valley

Top secret

Traduit de l'américain par Josette Gontier

Illustrations d'Annie-Claude Martin

Hachette

L'ÉDITION ORIGINALE DE CE ROMAN
A PARU EN LANGUE ANGLAISE
CHEZ BANTAM BOOKS, INC., NEW YORK
DANS LA COLLECTION SWEET VALLEY TWINS™
SOUS LE TITRE :
SNEAKING OUT

Hachette, 79, boulevard Saint-Germain, Paris VIe

1

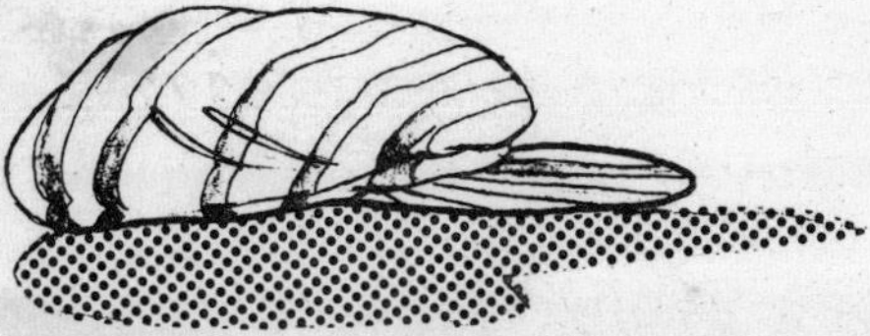

« Enfin, te voilà Liz ! Je t'attends depuis des siècles ! » s'écria Jessica Wakefield.

Elle quitta les garçons et les filles avec qui elle bavardait devant le gymnase du collège de Sun Valley et courut vers sa sœur.

Celle-ci la considéra d'un air innocent. Ses grands yeux bleu-vert semblaient encore plus grands que d'habitude. Un sourire éclatant éclairait son visage. Tout en elle respirait la joie de vivre.

« Mais moi aussi, je t'attends depuis des siècles, ma chère Jess ! dit Elizabeth d'une voix ferme. Une demi-heure, pour être exacte ! Si je me souviens bien, nous avions décidé de nous retrouver devant le collège, et non à l'arrière, près du gymnase ! »

Jessica ne changerait jamais. Les lieux des rendez-vous, l'exactitude, voilà des choses qui lui étaient complètement étrangères. En cela, elle était tout à fait différente de sa sœur jumelle. Elizabeth ne comprenait pas que le seul objectif, dans la vie de Jessica, était de passer le temps le plus agréablement possible. Et en ce moment, seuls comptaient pour elle le beau Bruce Patman et les deux petits morceaux de papier qu'il promenait au-dessus des têtes de ses camarades.

« Liz, j'avoue avoir oublié le lieu de notre rendez-vous, déclara Jessica. Mais, quand tu apprendras la nouvelle, tu reconnaîtras que j'ai bien fait de l'oublier... », assura-t-elle, les yeux brillants d'excitation.

Une fois encore, Elizabeth sentit sa colère envers sa sœur disparaître comme par enchantement. Elle lui emboîta le pas et la suivit vers le petit groupe qui entourait Bruce.

« Bon... dit-elle en riant. En quoi consiste ce "scoop" ?

— Ma chère, depuis que tu as lancé le

journal de la classe, *Le Petit Fouineur de Sun Valley*, tu parles comme une pro ! s'exclama Jessica. Remarque, dans ce cas, c'est une sacrée nouvelle ! Ecoute bien ! La vente des places pour le concert de Johnny Buck est ouverte ! »

Johnny Buck ! Ainsi, c'était à cause de lui que sa sœur était dans une telle agitation ! La dernière fois que ce chanteur de rock très en vogue était passé à Sun Valley, la moitié des jeunes de la ville avait littéralement assiégé le *Valley View Hotel,* espérant apercevoir leur idole. L'autre moitié s'était débrouillée, tant bien que mal, pour avoir des billets et aller au concert donné en plein air, à Secca Lake.

« The Buck », comme l'appelaient ses fans, revenait donc dans la petite ville, et le collège entier avait attrapé la fièvre du rock ! Tous les élèves voulaient assister au spectacle. Johnny Buck interpréterait les chansons de son dernier album, *Arrêt sur image.*

Bruce fit semblant de donner les billets à Caroline Pearce. Mais, à l'instant où celle-ci et son amie Elise allaient saisir ces véritables trésors, il agit en sorte que personne ne parvienne à s'en emparer. Même si Caroline était la pire des commères de tout le collège, Elizabeth ne trouva pas très gentil le geste de Bruce.

« J'imagine qu'il s'agit de deux places au premier rang, pour le concert de Buck, supposa Elizabeth.

— Pan dans le mille ! s'écria sa sœur. Bruce est le seul de la classe à avoir déjà des entrées. Il prétend que tout est presque vendu, même si le spectacle n'a lieu que dans une semaine !

— Bien entendu, il fallait absolument que Bruce soit le premier à avoir des places, dit Elizabeth, l'air renfrogné. Et tu peux être sûre qu'il n'a pas fait la queue pour les obtenir ! »

Bruce Patman était l'unique héritier de la famille la plus fortunée de Sun Valley. Il n'avait aucun problème pour obtenir tout ce qu'il voulait. Caroline avait confié à Elizabeth, le jour même, au déjeuner, que M. Patman allait sponsoriser deux équipes de base-ball à Little League : ainsi, son fils en serait le lanceur.

« Qu'importe la façon dont il a eu les billets ! répliqua Jessica en secouant avec impatience ses longs cheveux blonds. Ce que je sais, c'est que je vais voir Johnny Buck à nouveau. Mais cette fois, je le regarderai chanter, au lieu de l'apercevoir une seconde devant son hôtel ! »

Les jumelles se remémorèrent un instant le calvaire de l'année précédente. Le beau jeune homme avait fait une courte apparition à l'arrière de l'hôtel afin de signer quelques autographes pour la horde d'admirateurs qui l'avaient attendu toute la matinée. Quand le chanteur s'était approché, ça avait été un véritable délire. On se bousculait, on jouait des coudes pour le toucher. Hélas ! les deux sœurs s'étaient retrouvées très loin de leur idole. Mais la vedette s'était montrée digne du triomphe qu'on lui avait réservé. Johnny Buck ressemblait à la photo de couverture de son album, avec ses boucles blondes qui lui mangeaient le visage. Il devait avoir quelques années de plus que les jumelles et leurs amis. Mais on le devinait plus mûr, et en tout cas, plus sophistiqué.

Johnny Buck avait à peine dédicacé trois albums quand son imprésario était arrivé. Le vieil homme lui avait murmuré quelque chose à l'oreille, puis avait entrepris de le soustraire à ses fans. Une vague de mécontentement s'était alors élevée dans la foule. Des centaines de jeunes tendaient des pochettes de disques, des affiches et même des tennis. Tous souhaitaient ardemment que Johnny leur signe au moins quelque chose en souvenir.

Soudain Johnny Buck avait souri, puis

lancé sa casquette rayée dans la foule. Elizabeth et Jessica s'étaient précipitées sur l'objet comme sur un véritable trésor. Lorsqu'elle avait senti ses doigts frôler le bord de la casquette, Elizabeth s'était estimée la fille la plus heureuse de la terre.

Un an après, en voyant Bruce qui faisait miroiter ses deux entrées, elle ne pouvait s'empêcher de se souvenir de sa déception, quand sa sœur s'était approprié la casquette.

« Super ! s'était écriée Jessica. Et de justesse ! Heureusement que tu l'as attrapée à ma place, sinon les deux garçons, derrière nous, auraient fini par s'emparer de ma casquette ! Merci d'être venue à ma rescousse !

— Ta casquette ? Mais c'est moi qui l'ai attrapée !

— Bien sûr ! Mais tu as bien vu comment "The Buck" regardait dans ma direction, quand il a lancé sa casquette... Il voulait que ce soit moi qui l'aie ! Seulement, quand nos regards se sont rencontrés, je suis restée sans force. J'éprouvais la même sensation extraordinaire, très douce, que lorsque j'embrasse son poster, le soir avant de m'endormir. Heureusement que j'ai une sœur aux réflexes rapides ! »

HOTEL

Et c'est ainsi que, sachant pertinemment que le précieux objet appartenait à Elizabeth, Jessica avait fait des pieds et des mains pour le prendre. Elizabeth avait fini par lui permettre de le garder dans sa chambre, accroché au-dessus de sa chaîne stéréo. Après tout, une vedette de rock n'avait pas pour elle la même importance que pour Jessica.

« A ton avis, si j'y vais avec la casquette, il voudra bien me la dédicacer ? » lui demanda cette dernière.

La question de sa jumelle ramena Elizabeth à la réalité. Sa sœur marchait à côté d'elle, et rentrait à la maison, mais elle faisait mille projets pour le concert.

« A t'entendre, on dirait que tu as déjà un billet d'entrée ! dit Elizabeth en riant. Qu'est-ce qui te permet de penser que papa et maman nous donneront la permission d'y aller ? Après tout, l'année dernière, ils avaient prétexté que nous étions trop jeunes...

— Ne sois pas idiote, Liz. Nous allons au collège maintenant et cela change tout ! D'ailleurs, j'ai déjà dit à Johnny que je serais dans la salle !

— Quoi ? » s'écria Elizabeth ébahie.

Elle savait que sa sœur était folle de Johnny Buck. D'ailleurs, qui ne l'était pas ? Mais, même si elle avait placardé des posters et des photos de son idole sur tous les murs de sa chambre, Jessica ne lui avait jamais dit qu'elle était en relation avec le chanteur.

« Bien entendu, je ne lui ai pas parlé de vive voix ! Mais je lui ai écrit une longue lettre. Et je sais qu'il va me répondre. Je lui ai dit de me chercher, et j'ai précisé que je serais au premier rang.

— Et qu'est-ce qui te permet de penser qu'il te reconnaîtra, au milieu de la plus grande foule de l'histoire de Sun Valley ?

— Ma casquette, bien entendu... reprit Jessica rayonnante.

— Ta casquette ?

— Je lui ai rappelé que j'étais la fille à qui il avait envoyé sa casquette, au *Valley View*. Je lui ai promis de la porter le soir du concert, pour qu'il me reconnaisse. Je lui ai aussi parlé des Licornes, Liz. Désormais, il sait que toutes les filles du club lui vouent une adoration éternelle, et que je souhaite le voir se joindre à nous.

— Tu as l'intention de faire entrer Johnny Buck dans cette assemblée de snobinettes ? » s'étonna Elizabeth.

Personnellement, elle n'aimait pas la plupart des filles de ce club. Des filles dans le vent formant un groupe très fermé.

Cette fois, il lui semblait que sa sœur prenait ses désirs pour des réalités. Comment pouvait-elle croire qu'une célèbre vedette de la musique rock ait envie d'entrer dans un club de filles? Surtout quand tous les membres passaient leur temps à parler chiffons et garçons...

« Motus et bouche cousue! » recommanda Jessica en pinçant le bras de sa sœur avant de jeter un coup d'œil pardessus son épaule. « C'est un secret... Je me réserve le privilège de faire la surprise à mes amies une fois que Johnny aura accepté. Tu te rends compte? Jamais aucune Licorne n'aura réussi un coup pareil!

— A mon avis cela tiendrait du miracle! » fit Elizabeth, espérant que sa sœur retrouverait une vue plus réaliste des choses. Mais Jessica n'arrêta pas d'échafauder les projets les plus fous jusqu'à leur arrivée à la maison.

Quand les deux sœurs entrèrent dans la cuisine aux carreaux de faïence claire, elles y trouvèrent Steve, leur frère aîné.

« Savez-vous qui va aller au concert de Johnny Buck, samedi prochain? demanda-t-il. Un grand garçon, qui fréquente le lycée depuis la rentrée... Vous voyez de qui je veux parler? »

Là-dessus, il s'appuya avec nonchalance contre le réfrigérateur dont il semblait avoir tiré tout ce qu'il contenait de comestible.

Il se mit à jongler avec un paquet de jambon de Parme, un morceau de pain et une tranche de gâteau à l'orange et aux noix, préparé par Mme Wakefield.

Jessica tendit la main et piqua une noix dans sa part de gâteau. Il essaya de l'en empêcher, mais trop tard !

« A mon avis, reprit-il, deux élèves qui fréquentent le collège sont bien trop jeunes pour aller à un concert de Buck ! »

Jessica faillit s'étouffer. Elle avait du mal à croire ce que son frère venait de dire.

« Qu'est-ce que tu racontes ! s'écria-t-elle, outrée. Papa et maman ne vont pas nous faire le coup deux années de suite ! »

Elizabeth la regarda. Jessica n'avait pas l'air de penser que Steve pouvait plaisanter.

« Je suis désolé, mesdemoiselles, s'écria-t-il, l'air sérieux. Je sais combien vous avez envie de voir "The Buck" cette année. C'est pourquoi je me suis arrêté au bureau de papa, en rentrant du lycée : j'ai pensé qu'il fallait que je lui parle ; vous auriez pu aller au concert avec maman et lui. J'aurais acheté quatre billets supplémentaires, en prenant le mien et celui de Monica.

— Bon, je reconnais que ce n'est pas super d'aller au concert avec les parents, soupira Jessica. Mais c'est mieux que de ne pas y aller du tout ! Tout à l'heure j'ai bien cru que nous allions rater l'événement de l'année !

— Désolé ! C'est ce qui va t'arriver, ma chère, jeta Steve. Papa doit s'absenter ce week-end. Une grosse affaire à plaider. Quant à maman, elle a une réunion avec des clients très importants. Ni l'un ni l'autre ne peuvent se décommander. »

M. Wakefield était avocat. Son épouse, décoratrice. Même s'ils s'efforçaient d'être le plus souvent possible auprès de leurs enfants, ils n'y parvenaient pas toujours.

En rentrant du bureau, quelques minutes plus tard, Mme Wakefield essaya de l'expliquer à ses filles. Cette femme encore jeune, à la silhouette élancée et à la chevelure blonde, était d'une grande beauté. Elle faisait partie du conseil des parents d'élèves de la classe des jumelles, et s'occupait aussi du lycée de Steve. Toutes ces activités ne devaient pas nuire à une carrière très prometteuse : voici ce qu'elle tenta désespérément de faire comprendre à Jessica et à Elizabeth.

« Vous comprenez, les enfants, les plans que j'ai dessinés pour la tour

Winthrop ont reçu l'approbation de la direction. S'ils plaisent à mon client, j'aurai l'entière responsabilité du projet. Je suis vraiment désolée que le rendez-vous, pris depuis un mois, coïncide avec la date du concert !

— Nous aussi, maman, dit Elizabeth, d'une voix triste. J'aurais tellement aimé entendre Johnny chanter *Saturday Blues*.

— Ce n'est pas juste ! répliqua Jessica. Cette année, nous sommes assez grandes ! Debbie, la sœur d'Ellen Riteman, est dans la classe de Steve. Elle a dit à Ellen que j'avais l'air d'une élève de seconde !

— En avoir l'air est une chose, remarqua Mme Wakefield en souriant. Autre chose est d'en avoir la maturité ! Je vous aime beaucoup toutes les deux. Et je ne voudrais pas que mes deux petites chéries aient des problèmes ! N'insistez pas ! »

Pas question de revenir sur cette décision. Mme Wakefield ne se laissa pas fléchir. Les larmes de Jessica ne furent d'aucun effet. Et la promesse d'Elizabeth de rentrer dès la fin du spectacle n'eut pas plus de succès.

M. Wakefield se montra tout aussi ferme. A peine avait-il franchi le pas de la porte que Jessica s'agrippa à son bras, les larmes aux yeux.

« Papa, je t'en supplie, commença-t-elle d'une voix pitoyable, laisse-nous aller au concert de Buck ! Si tu refuses, Elizabeth et moi en mourrons ! »

Jessica se tut et examina le visage de son père, histoire de voir si ses supplications avaient porté. Son sourire était peut-être plus chaleureux que d'ordinaire, mais Jessica comprit que la partie n'était pas gagnée.

« Vous ne mourrez pas, assura-t-il. Mais après une prestation pareille, Jessica, tu as tes chances pour jouer la comédie ! »

Jessica n'abandonna pas pour autant.

Dès que la famille fut installée pour dîner, elle revint à l'attaque. Elle passa plus de temps à renifler qu'à manger. Au dessert, elle joua sa grande scène. S'essuyant les yeux avec un coin de nappe, elle se mit à parler d'une voix calme.

« Je suis désolée, maman. Désolée, papa. Elizabeth et moi avons été vraiment injustes ! Après tout, nous ne pouvons pas exiger de vous que vous sacrifiiez votre existence pour la simple raison que nous voulons aller à un concert de rock ridicule ! »

Tous les convives s'immobilisèrent, stupéfiés par ce brusque changement.

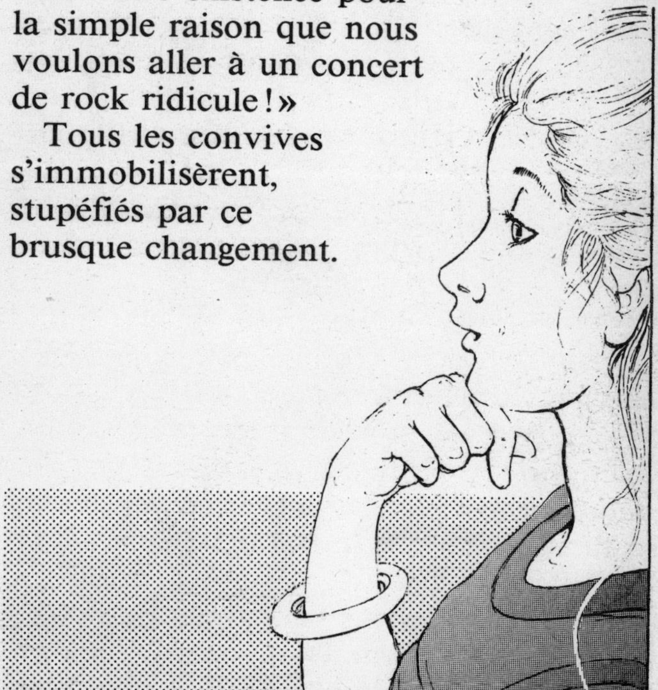

Profitant de l'attention que chacun lui portait, Jessica poursuivit :

« Les billets valent 25 dollars. Deux de plus, ça ferait une somme rondelette. Aussi vaut-il mieux qu'Elizabeth et moi y allions avec Steve et Monica. Ne vous inquiétez pas, tout se passera bien. Ils ne s'apercevront même pas de notre présence ! Et puis, nous allons trouver un petit boulot pour payer notre place !

— Chiche ! lança Elizabeth, étonnée par la détermination de sa sœur. Nous pourrons tondre des pelouses et faire des courses pour des gens. Il y a plein de petits enfants, dans le quartier. Nous trouverons bien quelques baby-sittings ! »

Mme Wakefield prit la main de son époux.

« J'imagine que Steve est dans le coup », dit-elle en souriant.

Le garçon devint cramoisi, tandis qu'elle ébouriffait d'un geste affectueux sa chevelure sombre.

« Mais c'est son premier rendez-vous avec Monica Crane. Il doit être déjà assez énervé, sans avoir à supporter par-dessus le marché deux gamines malicieuses !

— Tu as raison, approuva fermement M. Wakefield. Vous savez bien que votre mère et moi n'aimons pas vous décevoir. Et ce n'est pas une question d'argent.

Nous nous serions fait un plaisir de vous payer vos places, si nous avions eu la possibilité de vous accompagner. Mais c'est impossible. Et nous n'allons pas choisir la solution de facilité qui consisterait à vous laisser toutes seules parmi une foule de gens trop âgés pour vous. C'est mon dernier mot. Affaire classée ! »

M. Wakefield employait souvent des termes de métier.

Ses filles en riaient d'ordinaire. Mais ce soir-là, personne ne rit à la table familiale. La vaisselle terminée, les jumelles regagnèrent leurs chambres. Jamais elles n'avaient été aussi tristes et aussi déçues.

Mais Elizabeth ne pouvait rester longtemps de mauvaise humeur. Une fois dans sa jolie chambre crème et bleu, qu'elle avait elle-même décorée, elle retrouva vite son optimisme habituel.

La seule chose à faire, c'était de travailler dur et de mériter la confiance de leurs parents. Ainsi, l'année prochaine, les choses changeraient. Quelques minutes plus tard, elle ne pensait même plus à Johnny Buck et cherchait à convertir des fractions en décimales. Tout à coup, la porte de la salle de bains qui séparait sa chambre de celle de Jessica s'ouvrit bruyamment.

« C'est insupportable ! cria celle-ci, en

faisant irruption chez sa sœur comme une bombe. J'aimerais que la personne qui est venue au monde quatre minutes avant moi me conseille ! »

Les jumelles avaient l'habitude de plaisanter sur le fait qu'Elizabeth avait quatre minutes de plus que Jessica. Il arrivait même parfois à la première de se sentir vraiment une grande sœur par rapport à l'autre.

« Bon, d'accord, Jess, dit-elle en refermant son livre de mathématiques. Quel est le problème ?

— Tu le sais bien ! L'éternel problème ! Celui qui nous a torturées toute la journée ! » lança Jessica en se laissant tomber sur le dessus-de-lit de velours bleu de sa sœur. Puis elle s'assit, remontant les genoux.

« Comment allons-nous faire pour assister au concert de Johnny Buck, samedi ? »

La question ne surprit pas Elizabeth. Jessica n'avait pas l'habitude de renoncer si vite. Même si les parents avaient été on ne peut plus clairs et nets.

« Jess, papa et maman ne cherchent pas à nous brimer. Ils se comportent comme ils pensent devoir le faire et, personnellement, je n'ai aucune envie d'agir dans leur dos ! Et puis, tu n'as même pas

35 *cents* — et encore moins 25 dollars — à dépenser dans un billet de concert. Tu viens de te ruiner, avec le nouveau chemisier que tu as acheté au Kendall !

— Cette horreur ! répliqua Jessica avec une moue. Quand je pense que j'ai mis trois semaines d'argent de poche dans un truc aussi moche ! Je vais l'échanger dès demain !

— Impossible, Jess ! Il ne fallait pas l'acheter. Tu devrais regarder la vérité en face ! Pour le concert, attendons l'année prochaine.

— L'année prochaine ! » répéta Jessica, l'air horrifié.

On aurait dit que sa sœur lui avait proposé d'attendre la vie entière.

« Ce n'est pas à toi que je devrais demander conseil », poursuivit-elle.

Elle se leva et ouvrit la porte de le salle de bains.

« Tu peux jouer les Cendrillon, si ça te chante, mais moi, j'ai bien l'intention de voir Johnny Buck en chair et en os, la semaine prochaine. Et personne ne m'en empêchera ! »

2

« J'imagine que tu as appelé tous les habitants de Sun Valley, ce week-end », dit Elizabeth à sa jumelle, tandis qu'elles se rendaient au collège, quelques jours plus tard. Puis, imitant la voix profonde et grave de leur père, une vraie voix d'homme de loi, elle poursuivit : « A te voir, on a la confirmation que personne n'a besoin que l'on garde un enfant, que l'on tonde une pelouse ou que l'on lave une voiture... »

La plaisanterie de sa sœur n'amusa pas du tout Jessica.

« Je n'aurais jamais dû acheter ce

chemisier au Kendall!» soupira-t-elle.

Soudain, elle s'arrêta au beau milieu du trottoir et considéra Elizabeth comme si elle la voyait pour la première fois.

«La couleur ne me va pas... dit-elle. Mais sur toi, ce serait du tonnerre!»

Son plan était si évident qu'Elizabeth ne put s'empêcher de rire.

«Jessica Wakefield, déclara-t-elle en s'efforçant de paraître sérieuse, si tu crois que je vais t'acheter ce chemisier, autant te le dire tout de suite : tu te trompes! Même pour t'aider à payer ton billet au concert de Buck!»

Mais Jessica n'allait pas renoncer, surtout quand il s'agissait de se battre pour une cause aussi importante que le concert de Johnny Buck!

«Je t'assure que le violet t'irait bien! insista-t-elle. Et puis, avec le plan d'économie systématique que tu as mis sur pied depuis longtemps, tu dois avoir au moins un trillion de dollars de côté!»

Elizabeth soupira. Bien sûr qu'elle s'efforçait d'économiser! Elle s'était même privée de déjeuner à plusieurs reprises. Mais là n'était pas la question. Et puis, elle n'aimait pas le violet. Pour rien au monde, elle ne serait allée en classe vêtue d'un chemisier de cette couleur. On aurait pensé qu'elle faisait désormais partie du club de la Licorne. Quelle horreur !

« Jess, nous avons presque dix minutes de retard, à cause de toi ! s'exclama-t-elle. Je t'en prie, ne me casse pas les oreilles en prétendant que le violet m'irait à ravir ! Et je te signale que je n'ai pas un penny à dépenser, cette semaine : je veux absolument acheter ces boucles d'oreilles à maman, pour son anniversaire. »

Jessica revit les boucles d'oreilles en or que sa sœur avait repérées alors qu'elles faisaient toutes deux des courses au Centre commercial. Mme Wakefield aimait beaucoup les bijoux, et apprécierait sûrement son cadeau d'anniversaire. Mais il y avait encore un bon mois d'ici là... Tandis que Johnny Buck se produisait dans exactement quatre jours !

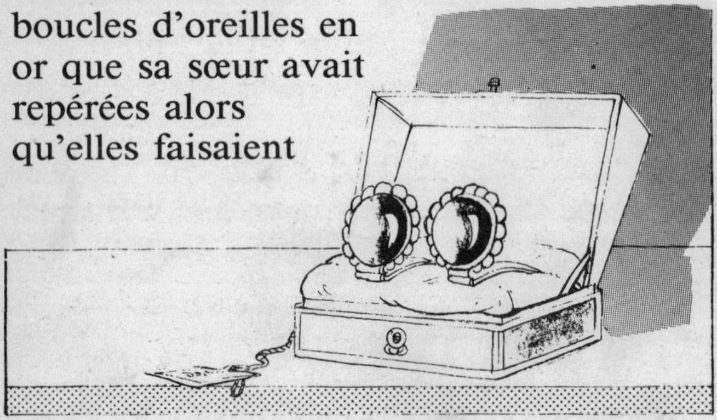

Jessica pensa qu'elle devait trouver le moyen d'amener Liz à différer la date de l'achat des boucles d'oreilles. Elle pourrait ainsi lui emprunter l'argent nécessaire pour le billet.

Cette pensée trotta dans sa tête durant tout le trajet. Lorsqu'elles arrivèrent au collège, elle n'avait toujours pas trouvé de solution. La première sonnerie retentit. Les deux sœurs se précipitèrent vers la salle des casiers pour y déposer livres et vêtements. Ensuite, Elizabeth entra dans sa classe.

Jessica, pour sa part, avait des préoccupations bien plus importantes que la sonnerie, ce matin-là ! Quand le deuxième coup retentit, elle s'examina en vitesse dans le petit miroir accroché à son casier. Sa coiffure ne lui plaisait pas ! Aussi décida-t-elle de retenir ses cheveux dans un filet, comme les danseuses. Elle s'apprêtait à le faire quand... la solution à son problème majeur apparut dans l'entrée du collège : Amy Sutton ! Voilà la personne qui allait la sauver !

« Si tu savais comme je suis contente de te voir, Amy ! lança Jessica. Où étais-tu fourrée ? Je t'ai cherchée partout ! »

Elle se dirigea vers la grande fille aux cheveux raides comme des baguettes de tambour qui venait de s'arrêter, quelques casiers plus loin.

Tenant ses livres sur un genou, tandis qu'elle tournait la clé dans la serrure, Amy fixa Jessica avec de grands yeux étonnés. Elizabeth était une excellente amie à elle mais Jessica ne lui avait jamais manifesté une telle sympathie. Elle ne la trouvait sans doute pas assez sophistiquée à son goût.

«Qu'est-ce qui t'arrive, Jessica?» demanda Amy, une fois la porte de son casier ouverte. Elle posa ses livres sur la planchette du bas, puis fourra son blouson dans le casier. «Il y a entraînement de majorettes, cet après-midi?

— Oui, il y a entraînement», répondit Jessica en souriant. Elle lorgna du coin de l'œil les mensurations de sa compagne.

«Il y a entraînement, répéta-t-elle, mais pas à l'école! Chez moi!»

Ouf! Amy avait pratiquement la même taille qu'elle!

Dès lors, il sembla à Jessica que ses tourments n'existaient plus !

« Chez toi ? » s'étonna l'autre d'une voix qui laissait deviner sa surprise.

En effet, Amy avait de quoi être étonnée par cette soudaine invitation. Lorsqu'elle avait fondé le club des Boute-en-train, une équipe de majorettes composée surtout de Licornes, Jessica lui avait manifesté une certaine animosité. Encore aujourd'hui, alors qu'elle s'était révélée une des meilleures baguettes de l'équipe, Amy avait la conviction que Jessica lui en voulait toujours.

« Pourquoi pas ? » répliqua cette dernière, en réponse à la question d'Amy. Elle lui sourit. « Nous, les Boute-en-train, nous devons faire équipe ! »

Amy avait toujours été désorientée par l'attitude de Jessica. Voilà à présent que la jumelle d'Elizabeth bavardait avec elle, lui souriait, lui marquait de l'affection. Finalement, même si elles étaient tout à fait différentes, elles pourraient peut-être devenir amies.

Au déjeuner, Amy se précipita vers Elizabeth.

« Tu connais la nouvelle ? s'écria-t-elle, toute contente. Après les cours, nous serons trois à rentrer chez toi. Super, non ? »

Elizabeth se sentit tout heureuse. Sa sœur avait enfin compris qu'Amy était une fille extraordinaire! Mais elle se demanda bientôt comment un tel renversement de situation avait pu avoir lieu. Jusque-là, Jessica avait toujours essayé d'écarter Amy. Que s'était-il passé?

«Tu ne dis rien? remarqua cette dernière.

— C'est que... Quel dommage! soupira Elizabeth. Nous ne pourrons pas rentrer toutes les trois ensemble aujourd'hui. M. Bowman m'a dit que la salle d'anglais ne serait pas libre avant la fin des cours. Ainsi, il faudra que j'attende, pour boucler le journal. Tu diras à Jess que je vous rejoindrai à la maison le plus tôt possible.»

L'après-midi parut interminable à Elizabeth. Elle avait l'impression qu'elle ne finirait jamais de photocopier les pages du *Petit Fouineur de Sun Valley*. Il lui fallut ensuite les agrafer. Et il était bien quatre heures et demie passées quand deux cents exemplaires du journal furent enfin prêts à être distribués. Elle put rentrer chez elle.

En ouvrant la porte de la maison à un étage qu'habitaient les Wakefield, elle fut accueillie par des éclats de rire sonores provenant de la chambre de Jessica. Elle grimpa l'escalier quatre à quatre et se précipita chez sa sœur. Ce qu'elle vit la laissa interdite.

Amy se tenait devant le grand miroir dans lequel elle se voyait en pied. Et elle portait le fameux chemisier violet qu'avait acheté Jessica quelques jours plus tôt au Kendall. Il était au moins trop grand de plusieurs tailles pour Amy.

« C'est formidable ! Il te va à ravir ! » roucoulait Jessica, assise sur son couvre-lit rose.

Elle regardait Amy comme si elle avait revêtu un vêtement de grand couturier.

« Vraiment il est fait pour toi ! Pour toi seule, Amy ! »

Celle-ci vit Elizabeth dans le miroir. Elle se tourna vers sa meilleure amie. L'encolure du chemisier bâillait tellement qu'elle lui découvrait presque l'épaule.

« J'ai l'impression qu'il est un peu grand pour moi, hasarda-t-elle d'une voix timide. Qu'en penses-tu, Liz ? »

Elizabeth pria en secret afin que son amie ne lise pas sur son visage ce qu'elle en pensait! Car son sentiment, à la minute, était que sa sœur ne reculait décidément devant rien pour arriver à ses fins. Et cela la rendait fort mécontente. Honteuse, aussi, de voir la malheureuse Amy flotter dans le chemisier de Jessica.

« C'est parfait, n'est-ce pas, Liz ? interrogea cette dernière en rejoignant les deux filles devant la grande glace. Amy va m'acheter mon chemisier. Il lui sied à ravir. Tu es de mon avis, pas vrai ? »

Elizabeth aimait trop sa jumelle pour laisser éclater sa colère en présence d'Amy. Mais elle était bien décidée à empêcher sa camarade la plus chère de venir en classe avec ce déguisement violet !

« Ça te va bien, Amy, dit-elle d'une voix lente. Un peu grand pour toi, peut-être... Mais tu pourras encore trouver ce modèle, au Kendall, et à ta taille. Peu importe, à la limite, s'il n'est pas de la même couleur ! »

Puis, fixant Jessica, elle passa un bras autour des épaules d'Amy.

« Ce n'est pas parce que les Licornes ne connaissent rien aux couleurs, que le reste du monde doit les imiter ! »

A nouveau Amy se regarda longuement dans le miroir. Elle devait se rendre à l'évidence : le chemisier était beaucoup trop grand, même si les éloges de Jessica avaient porté.

«Je reconnais qu'il est très joli, dit-elle aux jumelles. Je passerai au Kendall, demain après-midi, en sortant du collège. Avec un peu de chance, j'en trouverai un à ma taille. Si nous y allions toutes les trois?

— Eh bien... C'est-à-dire que je ne suis pas libre, répondit Jessica, en évitant le regard des deux autres. Il y a une réunion des Licornes, au *Glory Burger.* De plus, il faut que je trouve le moyen de gagner de l'argent dans les plus brefs délais!»

Après le départ d'Amy, Jessica fit la tête à sa sœur. Tout au long du dîner, elle afficha une expression désolée et un silence vexé. Quand les jumelles se retrouvèrent seules dans la cuisine pour la vaisselle, elle donna libre cours à sa colère.

«Cette fois, c'est gagné! Tu dois être contente, pas vrai? Je n'irai pas au concert...

— Il y a bien d'autres moyens de se procurer un peu d'argent, répliqua Elizabeth en plongeant les mains dans l'eau savonneuse. Ce que tu voulais faire est honteux!»

En son for intérieur, il ne lui semblait pas possible que sa sœur ait eu le culot de laisser Amy se couvrir de ridicule, uniquement parce que ça l'arrangeait. Cette pensée la peinait beaucoup.

Tout à coup, Jessica cessa de bouder. Elle se planta près d'Elizabeth et dit :

« Tu as raison, grande sœur ! »

Elle avait horreur de faire de la peine à sa jumelle. Après tout, Licorne ou pas, Elizabeth n'était-elle pas sa meilleure amie ?

« Faisons la paix, Liz, dit-elle d'une voix décidée. Je n'essaierai plus de revendre mes vêtements. En revanche, veux-tu me promettre de ne plus penser que je suis une fille horrible ?

— Marché conclu, petite sœur ! s'exclama Elizabeth en éclatant de rire. Au fait, si nous fêtions la paix retrouvée en allant déguster une glace à la pâtisserie Grumble ? »

Les jumelles aimaient ce salon de thé un peu désuet, avec ses tables de marbre rondes. La liste des différents parfums qu'offrait la maison s'étalait d'un bout à l'autre du comptoir. Ni M., ni Mme Wakefield, ni Steve ne furent longs à convaincre de la nécessité absolue d'aller déguster une glace sur-le-champ. On s'entassa dans la fourgonnette familiale rouge foncé, et en route !

Chez Grumble, il y avait beaucoup

de monde, comme d'habitude. Les deux sœurs préférèrent faire la queue, tandis que leurs parents et Steve s'installaient à l'unique table libre de la salle.

M. et Mme Wakefield passèrent leur commande : deux glaces aux fruits nappées de caramel dur. Steve y ajouta bientôt la sienne. Les jumelles savaient d'avance en quoi elle consistait : il ne changeait jamais. Chaque fois qu'il venait là, Steve commandait une spécialité-maison : la Coupe Grumble. Quatre boules de glace sur un petit gâteau au chocolat et aux noisettes, avec de la crème fouettée, du chocolat chaud, des copeaux de biscuit et une cerise au marasquin...

Comme la longue file des clients avançait lentement, Jessica laissa son regard errer à travers la salle, histoire de meubler son attente. Elle remarqua un panneau d'affichage suspendu à sa droite et se mit à lire les annonces.

Il y avait plusieurs offres de voitures à vendre. De nombreux cartons proposaient des leçons de piano à domicile. Jessica se rendit compte, tout à coup, que ces petites affiches avaient été mises là par des gens soucieux de gagner de l'argent. Si elle avait fait de même une semaine plus tôt, elle aurait peut-être obtenu de quoi payer son billet pour le concert de Johnny Buck. Maintenant, il était trop tard.

Soudain, son regard s'attarda sur une affichette un peu à l'écart des autres. Du papier bleu, d'une écriture très nette, fort élégante. Dès qu'elle l'eut lue, Jessica la détacha du tableau.

« J'ai trouvé ! J'ai trouvé ! » s'écria-t-elle en sautant sur place. Elle manqua même tomber dans les bras d'une dame qui était derrière elle.

« Oh, Liz, c'est merveilleux ! Ça va être super ! J'ai ce qu'il me faut ! »

Elizabeth fut très heureuse de voir sa sœur si joyeuse ; pourtant elle ignorait encore de quoi il s'agissait. L'enthousiasme de Jessica était toujours contagieux, elle en avait fait l'expérience à maintes reprises.

« Qu'est-ce qu'il y a, Jess ? demanda-t-elle. Qu'est-ce qui est écrit sur le papier ? »

Jessica plia soigneusement l'affiche de papier bleu et la glissa dans la poche de son jeans.

« Oh rien... Juste une réponse à mes prières, c'est tout... » se contenta-t-elle de répondre.

3

Dès leur retour, Elizabeth et Steve se mirent à leurs devoirs. En revanche, Jessica ne pouvait chasser de son esprit la pensée qui l'occupait : le petit morceau de papier bleu trouvé sur le panneau d'affichage du salon de thé.

« Liz, appela-t-elle doucement en ouvrant la porte de la salle de bains. Est-ce que tu pourrais lever le nez de tes livres une seconde ? J'ai besoin de toi. »

Elizabeth la regarda. Jessica souriait. Elle avait cet air satisfait qu'elle affichait lorsqu'elle préparait un bon coup.

« Tu es enfin décidée à me livrer le secret de ce fameux papier bleu ? lui demanda-t-elle en lui rendant son sourire.

— Tu sais bien que je n'ai pas de secret pour toi... De plus, j'ai besoin que tu montes la garde, le temps de donner un coup de téléphone urgentissime ! »

Et, toute fière de son habileté à se tirer des situations préoccupantes, elle sortit l'annonce de sa poche et, après l'avoir dépliée, la posa sur le bureau d'Elizabeth.

On pouvait lire ces mots écrits dans une calligraphie aussi nette qu'élégante : « Aux amis des Animaux ». Suivaient les termes dans lesquels Jessica mettait tous ses espoirs...

On demande pour trois jours :
personne aimant les chiens
pour s'occuper d'un petit animal
bien sage. Salaire : 25 dollars.
Appeller C. Bramble
555-9721

« Mais Jess, je croyais que tu avais horreur des chiens, protesta Elizabeth dès qu'elle eut terminé la lecture du message. Le jour où les Hendersons sont venus au barbecue de papa avec leur chihuahua, j'ai bien cru que tu allais tourner de l'œil ! »

C'était la pure vérité. Du plus loin

qu'elle pouvait se souvenir, Jessica avait toujours détesté les chiens. Leur seule vue l'horripilait. Elle ne pouvait supporter leur odeur. Et pour rien au monde, elle n'en aurait touché un... En fait, même si elle ne voulait pas se l'avouer, elle en avait une sacrée frousse! Et ils le sentaient.

« Je reconnais que j'aurais préféré un autre animal, avoua-t-elle. Un petit chat bien tranquille, ou un poisson rouge. Même une perruche... Enfin, n'importe quoi, pourvu qu'il ne veuille pas à tout prix mettre ses pattes sales sur mes genoux ou me lécher! Quelle horreur! »

Mais que Jessica n'aurait-elle fait pour Johnny Buck? Et puis, il n'y avait vraiment pas d'autre moyen pour gagner un peu d'argent, d'ici samedi. L'image de Buck, son visage près du sien tandis qu'il signerait sa casquette, lui revint à l'esprit. Elle empoigna sa sœur et l'entraîna dans le corridor où se trouvait le téléphone.

Tandis qu'Elizabeth montait la garde, veillant à ce qu'aucun membre de la famille n'apparaisse, Jessica composa le numéro indiqué sur l'annonce.

Il s'avéra que C. Bramble était en réalité Catherine Bramble, une dame d'un certain âge qui n'habitait d'ailleurs pas très loin, à Shady Dale Court. Elle apprit à Jessica que la place était toujours libre. Le lendemain après les cours, elle voulait bien la rencontrer afin de faire sa connaissance et discuter des détails de ce petit emploi.

Lorsqu'elle posa le combiné, Jessica rayonnait. Elle serra sa sœur dans ses bras puis fit trois pirouettes dans le couloir.

« C'est gagné ! Tu te rends compte ? Demain après-midi à la même heure, j'aurai vingt-cinq dollars en poche et du bonheur à revendre ! »

Soudain, elle se rembrunit.

« A condition que je décroche le boulot, bien entendu... Comment vais-je me sortir de ce premier contact avec la dame ? Oh, Lizzie, il faut absolument que tu m'accompagnes. Toi, tu trouves toujours le mot juste...

— Mais Jess, c'est une idée à toi. Je n'y suis pour rien, et je n'ai pas du tout envie de me mêler de ça !

— Tu te rends compte, Liz, si le chien est là ! Imagine que Mme Bramble me force à le toucher ! J'en mourrai ! J'ai promis de passer chez elle, en sortant du collège. Cela ne nous prendra que quelques minutes, et tu t'attires toujours la sympathie des vieilles dames et des animaux. Je suis sûre que tu lui feras bonne impression.

— Au cas où tu l'aurais oublié, en sortant du collège, nous avons cours de danse avec Mme Tcherovska... répliqua Elizabeth. Tu étais sa meilleure élève, avant de fonder le club des Boute-en-train. Désormais, les majorettes sont plus importantes que la danse, pour toi. Et si tu rates encore une leçon, je connais quelqu'un qui ne va pas apprécier. Mais alors pas du tout ! »

L'image de leur professeur de danse en colère les fit éclater de rire.

« Bon. Tu as raison, reconnut Jessica. J'irai à mon rendez-vous chez Mme Bramble, toute seule, comme une grande, si tu te charges de Mme Tcherovska. Tu n'as qu'à lui dire que je suis clouée au lit avec une pneumonie, et lui demander de m'excuser. Ou alors, raconte-lui une histoire de jambe cassée, en l'assurant que je serai sur pied la semaine prochaine. Ou encore que je me suis noyée dans l'océan, en voulant faire les pointes ! »

Là-dessus, Jessica porta les mains à sa poitrine, et se laissa tomber lourdement sur le sol.

« Je suis désolée, madame Tcherovska, commença Elizabeth, en prenant un ton solennel. Ma sœur ne viendra pas aujourd'hui. Mais je suis fière de vous dire que ses derniers mots ont été “Les épaules en arrière... Rentrez le ventre...”»

Juste à ce moment-là, Steve ouvrit la porte. Il trouva ses sœurs prises d’un fou rire hystérique : elles riaient tellement qu’elles en pleuraient.

«Vous êtes devenues folles, ma parole ! Irrécupérables ! » lança-t-il avant de refermer la porte.

Ce qui se passa le lendemain, au petit déjeuner, le conforta dans son opinion.

Elizabeth donnait ses dernières instructions à Jessica.

«Souviens-toi bien... Tiens ta main à l'écart, de sorte qu'il ne puisse pas la lécher, et essaie de l'attraper par les oreilles.

— J'ai toujours pensé que tu étais la plus sensible», dit-il à Elizabeth avant de prendre ses livres sur le buffet et de se diriger vers l'entrée. «Au fait, ajouta-t-il en se retournant, si tu crois que c'est comme ça que tu te feras un petit ami, je me permets de douter de l'efficacité du moyen.»

Elizabeth éclata de rire tandis que la porte se refermait sur son frère. Mais Jessica était bien trop préoccupée pour daigner lui prêter attention.

Sur le chemin du collège, elle ne pensa qu'à sa rencontre avec Mme Bramble. Au déjeuner, elle n'eut pas le cœur à plaisanter sur le nombre de boulettes de viande que Louise Waller avait englouties avec son assiette de spaghetti. Elle resta silencieuse durant tout le repas, se répétant sans arrêt les conseils de sa sœur pour surveiller et nourrir les chiens.

Le moment tant attendu arriva enfin. A quinze heures trente, elle se tenait devant le 123 Shady Dale Court. A bout de nerfs...

A son grand soulagement, elle constata bientôt que Mme Bramble était une vieille dame tout à fait délicieuse. Elle accueillit sa visiteuse avec un sourire si amical que celle-ci se trouva bientôt à son aise dans cette maison inconnue. De plus, pas le moindre chien à l'horizon! Cette consultation, alors qu'elle s'installait sur le canapé à fleurs, remplit de joie Jessica. Elle laissa errer son regard depuis le salon à la moquette impeccable jusqu'à la cuisine et à la chambre dont les portes étaient ouvertes.

Bien campée sur le confortable canapé, et tout à fait détendue, Jessica écoutait Mme Bramble. Elle devait partir en voyage, dans sa famille, à San Francisco. Elle ne s'absenterait que quelques jours et serait de retour le samedi.

Le concert de Buck avait lieu le samedi après-midi...

Un instant, Jessica crut qu'elle ne serait pas libre pour assister au spectacle tant attendu. Mais elle fut bientôt rassurée. Mme Bramble lui annonça qu'elle rentrerait avant midi. C'était donc gagné!

Aussi, à partir de ce moment-là, Jessica se montra-t-elle d'un enthousiasme débordant. Les chiens, elle les adorait!

Elle avait tellement l'habitude de s'occuper d'eux! Mme Bramble eut la conviction que son interlocutrice était vraiment la personne rêvée.

« D'ailleurs, ajouta Jessica, d'une voix gaie, à la maison, tout le monde partage mon amour des chiens. Je suis sûre que si j'amenais le vôtre chez nous, on se disputerait le plaisir d'en prendre soin !

— Mais c'est merveilleux, mon enfant ! déclara Mme Bramble, le visage rayonnant. C'est ce que nous allons faire !

— Nous allons faire... » répéta Jessica.

Elle allait énumérer toutes les bonnes actions en faveur des animaux auxquelles sa famille avait contribué, mais la remarque que fit la vieille dame l'en dispensa.

« Bien sûr ! s'exclama celle-ci. Je viens d'avoir une idée merveilleuse ! Pour être franche, je ne souhaitais pas confier ce petit animal à une collégienne. Ma petite Sally a besoin qu'on s'occupe d'elle toute la journée. Aussi, j'avais pensé trouver quelqu'un qui resterait chez moi avec elle. »

Mme Bramble se tut un instant, considérant Jessica comme si l'affaire était conclue.

« Puisque vous aimez tous autant les animaux, je ne vois pas pourquoi Sally n'irait pas chez vous, durant ces quelques jours. A condition, bien sûr, que vos parents n'y trouvent pas d'inconvénient. Il faudra en parler à votre maman... Vous êtes sûre que cela ne la dérangera pas ?»

En fait, Jessica n'en n'était pas sûre du tout. Sa mère lui donnerait-elle son accord? Hum... Le jour où un caniche avait dévoré ses bégonias, et toutes les fleurs autour de la piscine, Mme Wakefield n'avait guère apprécié ! Et lorsqu'elle avait renvoyé le coupable dans le jardin de son maître, elle n'avait pas l'air de quelqu'un qui adore les chiens !

Jessica resta silencieuse durant quelques instants.

« Déranger maman? reprit-elle. Bien sûr que non ! Au contraire, tout le monde sera ravi ! »

Elle avait perdu de sa belle assurance. En elle-même, elle souhaitait de tout cœur dire vrai. Une question la tourmentait : comment allait-elle s'y prendre pour annoncer la nouvelle à ses parents ?

« Eh bien, c'est d'accord, déclara Mme Bramble. Vous n'avez qu'à passer prendre Sally demain soir. Mon autobus part très tôt mardi matin. Quelles bonnes nouvelles, n'est-ce pas, ma chère Sally? Toi aussi, tu vas avoir des vacances, tu te rends compte ? »

Tout à coup, Jessica avala le gâteau

que venait de lui donner Mme Bramble sans prendre le temps de le mâcher. Et si le fameux chien n'existait que dans l'imagination de la vieille dame ? Après tout, elle avait beau regarder de tout côté, elle ne distinguait rien qui ressemblât à un chien...

« Viens vite, ma chérie, dit Mme Bramble d'une voix douce. Viens vite faire la connaissance de ta nouvelle amie... »

Là-dessus, la petite dame frappa des mains. Jessica bondit de son siège. L'épagneul cocker le plus vieux, le plus gras qu'elle ait jamais vu, s'extirpa à grand-peine de dessous le canapé.

« Sally, je te présente Jessica. Jessica, Sally », dit Mme Bramble, l'air ravi.

Jessica, incapable de faire un geste, fixait les yeux bruns et larmoyants de Sally. La pensée que cette horreur dormait près de ses pieds, quelques secondes plus tôt, lui donna le frisson. Modérément intéressée par cette visiteuse qu'elle ne connaissait pas, Sally s'avança vers elle d'un pas lent. Elle ressemblait plutôt à une vieille serpillière qu'à un chien. Jessica retint sa respiration et se laissa tomber à genoux près de l'animal.

« Bonjour, Sally », dit-elle en s'efforçant de mettre sa main comme le lui avait recommandé Elizabeth.

Lorsqu'elle sentit le contact de la langue de l'animal, elle ferma les yeux.

« Elle est tout à fait comme je l'avais imaginée, assura-t-elle à Mme Bramble.

— C'est ma chérie, avoua la dame en adressant un sourire à Sally. Nous vivons ensemble depuis tant d'années... Je l'ai prise alors qu'elle était bébé. Un amour de petite chienne très drôle ! »

La chienne ne trouva rien de mieux

que de se faire les griffes dans les jeans flambant neufs de Jessica, tout en lui donnant des coups de langue sur le visage, bien consciencieusement, comme si elle avait voulu la laver.

Jessica fit un signe de tête et sourit. Elle avait un mal fou à résister à l'envie de repousser l'animal afin de mettre fin à ses démonstrations d'affection. Et elle ne sut jamais par quel miracle elle réussit à s'asseoir et à garder Sally près d'elle durant une bonne dizaine de minutes, le temps que Mme Bramble énumère une longue liste de recommandations. Sally ne mangeait que de la nourriture écrasée : il ne lui restait que très peu de dents. On devait la nourrir et la promener deux fois par jour.

«Je vous en supplie, ma chérie, prenez bien soin de mon bijou, demanda Mme Bramble avec un regard implorant. Je ne sais pas ce que je deviendrais sans elle...» ajouta-t-elle au bord des larmes.

Jessica, qui écoutait à peine, rassura la vieille dame. Sa précieuse compagne ne manquerait de rien. Elle serait nourrie, cajolée et chérie, au possible. Et, bien entendu, on ne manquerait pas de l'embrasser au moins trois fois par jour...

«C'est parfait. Je vais vous donner un peu d'argent pour la nourriture de Sally.

Je vous réglerai les 25 dollars samedi, lorsque je viendrai la chercher chez vous», promit Mme Bramble, en débarrassant sa visiteuse de son lourd fardeau. Puis elle installa Sally sur ses genoux, avec des gestes pleins de tendresse.

Jessica avait complètement oublié qu'un travail n'est payé qu'après avoir été exécuté. Mais si elle attendait jusqu'au samedi pour acheter son billet, elle savait qu'elle n'en trouverait plus. Aussi chercha-t-elle désespérément un moyen de convaincre Mme Bramble de la payer d'avance.

«Si j'osais... commença-t-elle d'une voix mal assurée, je vous demanderais de me régler tout de suite. Samedi, ce sera trop tard...

— Trop tard? Et pourquoi, ma chère?» coupa la dame.

Elle cessa de caresser le cou de Sally recouvert de longs poils et regarda Jessica confuse.

«C'est que... Ma sœur et moi, nous avons dépensé tout notre argent de poche, réussit-elle à expliquer. L'anniversaire de maman approche, et nous voulons lui offrir quelque chose de vraiment extraordinaire. C'est pour cela que j'ai répondu à votre annonce... Mis à part le fait, bien sûr, que j'adore les chiens...

— Et cet anniversaire tombe avant samedi, c'est cela ? Eh bien, dans ce cas, nous allons te régler ça tout de suite, n'est-ce pas, Sally ? Tu es d'accord, ma chérie ! »

Mme Bramble fit glisser l'énorme chien de ses genoux et sortit deux billets de dix dollars et un de cinq, de son sac. Quand elle mit l'argent dans la main de Jessica, celle-ci la gratifia d'un sourire éclatant, agrémenté d'une fossette sur sa joue gauche.

Jessica rangea soigneusement son petit trésor dans sa poche et prit congé. Elle se sentit toutefois un peu gênée quand, sur le seuil de sa maison, Mme Bramble lui dit au revoir.

« Surtout n'oubliez pas de souhaiter un joyeux anniversaire à votre maman de ma part ! Et de celle de Sally, bien entendu ! »

4

A leur arrivée au collège le lendemain matin, les jumelles trouvèrent les membres du club de la Licorne devant l'entrée principale. Dès qu'elle aperçut ses amies, Jessica lança un rapide au revoir à sa sœur et se précipita vers elles. Lila Fowler et Ellen Riteman, en sixième, comme elle, vinrent à sa rencontre. Les autres étaient bien trop occupées à écouter Janet Howell.

« ...C'est un copain de mon frère. Il est au lycée, vous vous rendez compte ? Et il habite San Francisco. Il va venir passer le week-end chez nous car il n'a jamais manqué un seul concert de Johnny Buck ! »

Elève de quatrième, Janet était la présidente du club. Ce matin-là, elle n'avait pas son air autoritaire habituel ; elle semblait très excitée, parlait à toute vitesse, à telle enseigne que Jessica pouvait à peine comprendre ce qu'elle disait.

« Jess, s'exclama Lila, j'imagine que toi, tu vas nous annoncer que tu te rendras au concert en avion privé !

— Pas tout à fait », répondit cette dernière après un moment de silence qui attira sur elle l'attention du groupe.

Sûre de son effet, puisque personne ne parlait, elle ajouta enfin :

« J'ai rendez-vous avec Johnny après le spectacle...

— Quoi ? » s'étonna Lila en ouvrant de grands yeux.

Les Licornes firent cercle autour de Jessica. Elles mouraient d'envie d'en savoir plus...

Oublié le fameux copain du frère de Janet ! Elle-même n'y songeait plus.

« Si j 'ai bien compris, souffla-t-elle, tu lui as déjà parlé, c'est ça ? A lui ? En personne ? Eh bien !

— Son regard m'en a dit beaucoup plus que les mots n'auraient pu le faire, répondit Jessica d'une voix grave.

L'année dernière, il m'a choisie, parmi la foule des admirateurs qui se pressait autour de lui, et m'a lancé sa casquette...

— Oh ! C'est reparti ! Encore cette histoire de casquette », soupira Janet. En elle-même, elle se sentit soulagée. Si ce n'était que ça... « Tu nous l'as déjà racontée mille fois, reprit-elle. Va pour la mille et unième fois ! »

Jessica ne se démonta pas. Pour ménager son effet, elle ne dit rien, puis déclara, en se tournant vers Janet :

« J'imagine donc que tu n'as pas envie d'apprendre que Buck va devenir membre honoraire de notre club... Cela ne t'intéresse pas, n'est-ce pas ? »

Janet resta soufflée. Ses compagnes partagèrent sa stupéfaction : personne n'osa prononcer un mot durant quelques secondes. Puis une avalanche de questions et de commentaires déferla sur Jessica.

« Mais c'est formidable ! s'exclama Mary Giaccio, une élève de cinquième, en minaudant.

— Tu plaisantes ! s'écria Tamara Chase, une autre Licorne, plus âgée que Jessica. Une vedette comme lui ! Au club !

— Dis-nous tout, supplia Barbara Haver en fixant son amie de ses grands yeux noirs. Je veux connaître tous les détails de cette incroyable histoire !

— Une minute, coupa Janet, l'air à la fois méfiant et plein d'espoir. Qui pense que, parce qu'il a donné sa casquette à Jessica, Johnny Buck va entrer au club ?

— Tu sais, il connaît parfaitement le club, intervint Jessica. Je lui ai fourni des tas de renseignements sur nous toutes. J'ai même écrit ma dernière lettre sur du papier violet... »

En fait, la dernière lettre de Jessica au chanteur n'était autre que la seule et unique qu'elle lui eût adressée. Mais elle avait la certitude que tout se passerait comme elle le souhaitait. A condition, bien sûr, qu'elle puisse se rendre au concert, samedi. Elle reprit bientôt la parole, avec un clin d'œil à Janet.

« Donc, cette année, je ne rabâcherai plus l'histoire que je vous ai racontée déjà mille fois ! En fait, je dois le retrouver à la fin du concert, et ma casquette portera l'autographe le plus sensas du monde !

— C'est d'un romantisme ! soupira Ellen.

— Tu veux donc dire que tu vas vraiment le rencontrer ? demanda Janet en regardant Jessica avec une soudaine considération.

— Oui... Exactement ! A moins que... » Là Jessica cligna des paupières comme l'héroïne d'une comédie musicale à l'eau de rose pour adolescents. A moins que... reprit-elle, mes parents ne nous en empêchent ! Figurez-vous que papa et maman m'interdisent de le voir !

— C'est affreux ! la plaignit Ellen. J'aurais bien voulu t'aider, mais mes parents ne veulent pas que j'aille au concert.

— Pour moi, c'est pareil, ajouta Tamara. Selon eux, les concerts de rock se terminent toujours mal ! »

A sa grande surprise, Jessica constata que M. et Mme Wakefield n'étaient donc pas les seuls parents de la ville à avoir la même attitude. Une semaine plus tôt, elle était persuadée du contraire. Il lui semblait alors que sa sœur et elle seraient les uniques adolescentes de Sun Valley qui rateraient l'événement de la saison.

« Je t'aurais bien proposé de venir avec nous, dit Janet d'une voix mielleuse prouvant qu'elle mentait, mais mon frère a invité son ami de pension. Et la voiture est petite, tu sais... J'ai peur qu'il n'y ait pas assez de place !

— Pas de problème, annonça Lila. Jessica ira au concert avec moi. Jess, tes parents ne verront aucun inconvénient à ce que tu dormes chez moi, samedi... Tu n'as qu'à pas parler du concert... »

Personne n'ignorait que le père de Lila, trop occupé par ses affaires d'immobilier, ne se souciait pas de la façon dont sa fille meublait ses loisirs. Il la gâtait à outrance.

Jessica était folle de joie. Tout allait donc pour le mieux. Et le fait de devoir agir en secret l'excitait au plus haut point.

« Lila Fowler, tu es la fille la plus intelligente que j'aie jamais rencontrée, dit-elle à son amie. Tu apporteras tes albums de Buck au concert. Je demanderai à Johnny de te les dédicacer. »

La première sonnerie trouva les Licornes plongées dans la romance de Jessica. Vraiment, elle ne manquait pas d'audace... Juste avant le deuxième coup, chacune jura de garder le secret au sujet du plan de Lila. Celle-ci, accompagnée de

Jessica, se mit à gravir l'escalier central tout en promettant d'aller acheter les billets dès la fin des cours.

Durant toute l'heure d'anglais, Elizabeth ne put s'empêcher d'observer sa sœur. Elle souriait, l'air béat. Où pouvait-elle trouver la joie qui semblait l'habiter, alors qu'on était en plein exercice de grammaire, chose dont Jessica avait particulièrement horreur? Lorsque le professeur l'interrogea et constata sa nullité, elle garda le même air rêveur.

Au déjeuner, elle ne changea pas. Toujours cette impression d'être ailleurs... Même le menu — bœuf à la crème et croquettes de pommes de terre, des plats qu'elle avait en horreur — ne sembla pas la toucher. A son grand étonnement, Elizabeth la vit dévorer avec délice le bœuf baignant dans une sauce insipide. N'y tenant plus, elle décida d'interroger sa sœur.

«Jess, toi qui es d'ordinaire la fille la plus difficile de la terre, comment peux-tu ainsi apprécier ce plat étrange que toute la salle a boudé?

— Aujourd'hui, je serais même capable d'avaler de la nourriture pour chiens», répondit l'autre d'une voix joyeuse. Elle ne pourrait cacher plus longtemps à sa sœur le formidable secret qu'elle détenait. Il était temps de le lui révéler. « Après les cours, Lila et moi nous irons acheter nos billets pour le concert de Buck, souffla-t-elle, tandis qu'Elizabeth ouvrait des yeux étonnés. De plus, figure-toi que je n'aurai même pas à dire un mensonge à papa et à maman. Lila m'a invitée à dormir chez elle, samedi. Tout est organisé ! »

Elizabeth comprit tout de suite ce qui allait se passer. Pour essayer de faire oublier le concert à leur fille, leurs parents accepteraient volontiers cette invitation chez sa meilleure amie. Et ainsi, Jessica pourrait assister au spectacle. Une fois encore, Jessica venait de prouver qu'elle était capable d'obtenir tout ce qu'elle voulait.

Ce plan aurait pu irriter Elizabeth, mais le sourire lumineux qui éclairait le visage de sa sœur lui ôta toute envie de lui faire des reproches. Elle avait du mal à ne pas admirer une telle suite dans les idées, alors qu'elle-même n'aurait jamais osé agir contre la volonté de ses parents.

« Bien entendu, motus et bouche cousue, Liz ! recommanda Jessica en posant sa coupelle de crème caramel sur le plateau de sa sœur. Je te promets de te donner tous mes desserts jusqu'à la fin de mes jours, si tu t'engages à garder le secret. Je ne te demanderai plus de copier tes devoirs de maths ! Et à partir d'aujourd'hui, je ferai la vaisselle et nettoierai la table ! »

Elizabeth n'ignorait pas combien, en matière de promesses, sa sœur avait la mémoire courte. Mais elle aimait son impétueuse jumelle plus que tout au monde.

« D'accord ! admit-elle en riant tandis qu'elle remettait la crème caramel sur le plateau de Jessica. Je ne suis pas une personne que l'on achète, et surtout pas avec de la crème caramel ! La prochaine fois que tu auras l'intention de me faire garder un secret, choisis plutôt le jour où il y a du gâteau au chocolat au dessert ! »

Les cours se terminèrent enfin. Jessica et Lila allèrent acheter leurs billets. Tout était donc pour le mieux. A une exception près, toutefois. Comment Jessica s'y prendrait-elle pour que sa mère tolère la présence de Sally à la maison, les trois jours à venir ? En rentrant chez elle, Jessica se remémorait son entrevue avec Mme Bramble.

« Devinez ce qui m'arrive ! » lança-t-elle à Steve et à sa mère, en pénétrant dans le jardin, derrière la maison.

Ceux-ci échangèrent un regard mais ne répondirent pas. Steve, en short bleu et espadrilles, était assis au bord de la piscine. Mme Wakefield s'activait à repeindre le muret de brique blanche qui longeait le parterre de fleurs fraîchement plantées. Le chaud soleil de Californie inondait la vaste pelouse bien verte. Quel splendide après-midi !

« Je viens de rencontrer la vieille dame la plus délicieuse de la ville, annonça Jessica. Elle habite à deux pas d'ici...

— C'est formidable, ma chérie, constata Mme Wakefield, en poursuivant son travail..

— Elle a un vieux chien très gentil. Le mettre dans un chenil est une vraie torture pour elle.

— Pourquoi le fait-elle dans ce cas ? » voulut savoir Steve en levant les yeux vers sa sœur.

Pour la première fois, Jessica ne parlait pas de chiens comme s'il s'était agi de véritables monstres, et cela l'étonnait au plus haut point.

« Elle doit aller rendre visite à sa famille, dans la région de San Francisco. Elle et Sally — c'est le nom de sa chienne — ne se sont jamais séparées. Sally était un chiot, lorsqu'elle l'a achetée. Mme Bramble ne sait vraiment pas comment faire.

— Je reconnais que c'est un sacré problème, déclara Mme Wakefield sans cesser de peindre son muret avec le plus grand soin.

— Tu peux le dire! approuva Jessica d'une voix convaincue. C'est pourquoi j'ai pensé qu'il y avait peut-être une solution. Sally est adorable. Elle passe son temps à manger et à dormir. Tu sais ce que c'est quand on se fait vieux...

— Merci pour le compliment, plaisanta Mme Wakefield en arrêtant son travail. Connaissant ton aversion pour les chiens, il faut que cette Mme Bramble soit vraiment quelqu'un d'extraordinaire, pour t'avoir ainsi touchée par son histoire.

— Elle est délicieuse, maman! Et si ennuyée! Tu sais, elle ne va s'absenter que trois jours... Aussi, je lui ai dit que cela ne te dérangerait pas, et... j'ai promis de la sortir matin et soir.

— Quoi? fit Steve, qui ne pouvait en croire ses oreilles. Toi, tu vas t'occuper d'un chien?

— Oui, répondit calmement Jessica. D'ailleurs, Mme Bramble veut absolument me payer. Moi, je ne cherche qu'à la tranquilliser au sujet de sa vieille compagne.

— Je ne suis pas sûre d'avoir bien compris, coupa Mme Wakefield. Tu veux dire que tu t'es engagée à te lever tôt le matin, pendant trois jours, pour aller promener un chien ? Jessica, tu es toujours la dernière au petit déjeuner !

— Je le sais, maman. Mais j'ai promis à Mme Bramble de sortir Sally au moins deux fois par jour », assura Jessica en battant des cils. Sa voix se fit plus douce lorsqu'elle ajouta : « Le problème, c'est que Mme Bramble souhaite que je garde Sally ici.

— Ici ? »

Mme Wakefield laissa tomber son pinceau et s'approcha de sa fille.

« Jessica, le désir de venir en aide à quelqu'un du voisinage est tout à ton honneur. Mais quand même, tu aurais pu nous demander notre avis, à papa et à moi, non ?

— Comprends, maman ! répliqua Jessica, ses immenses yeux bleus pleins de larmes. C'est parce que cette pauvre Mme Bramble ne quitte jamais sa chienne ! Si Sally se retrouvait toute seule dans la maison vide, elle serait épouvantée ! »

En disant cela, Jessica avait l'air aussi

désolée que si c'était elle qui allait devoir rester seule.

« Et puis, reprit-elle, la mettre dans un chenil serait bien pire ! Imagine-la enfermée dans une minuscule cage malodorante... Je t'en supplie, maman... Trois jours seulement... »

Pour rien au monde, Mme Wakefield

n'aurait voulu étouffer le sentiment d'amour du prochain que manifestait sa fille. La façon dont Jessica avait dépeint Mme Bramble l'avait touchée. Et même si elle avait toujours en mémoire l'histoire du dévoreur de bégonias, la générosité de sa fille lui parut devoir être récompensée.

« D'accord, Jessica. Si *toi*, tu es capable de dominer ton aversion pour les chiens pendant trois jours, *nous*, nous devons remonter nos manches et t'aider. N'est-ce pas, Steve ?

— Bien sûr, répondit le garçon, toujours intrigué par cette soudaine solidarité pour les voisins qu'affichait sa sœur. Une question, Jess... Es-tu bien certaine que l'animal en question a des poils, quatre pattes et une queue ?

— Evidemment, idiot ! Je l'ai même pris sur mes genoux !

— C'est bien ce que je pensais ! s'exclama Steve. Jessica doit avoir un sosie ! Ce n'est pas ma sœur qui me parle !

— Tu peux te moquer de moi ! s'exclama Jessica en adressant un sourire radieux à sa mère. Je tiens beaucoup à ce petit chien.. Et j'ai bien l'intention de m'en occuper le mieux possible ! »

5

M. Wakefield fut aussi impressionné que son épouse par la bonne action que s'apprêtait à accomplir Jessica. Toute la famille se mit à sa disposition, chacun dans la mesure de ses possibilités. Le projet de Jessica devint bientôt celui des Wakefield... On attendait avec impatience l'arrivée de Sally.

Le lendemain soir, lorsque Mme Bramble appela Jessica, cette dernière persuada Elizabeth de l'accompagner. Bien lui en prit, car un véritable déménagement l'attendait. Couvertures, jouets, friandises encombraient le panier de Sally, près de la porte. Mme Bramble rayonnait. Elle accueillit les deux sœurs avec un enthousiasme débordant et une infinie gratitude.

« Mais c'est merveilleux ! s'exclama-t-elle. Moi qui croyais confier ma petite Sally à une seule gardienne ! La voilà gâtée ! Elle aura deux personnes pour veiller sur elle ! J'avoue que j'ai bien du mal à savoir qui est Jessica, tant vous vous ressemblez ! ajouta-t-elle en laissant son regard aller de l'une à l'autre des deux sœurs.

— Je vous présente Elizabeth, ma sœur jumelle, déclara Jessica. Liz, Mme Bramble...

— Je suis très heureuse de faire votre connaissance », dit Elizabeth en serrant la main de leur hôtesse. Puis, avec un sourire, elle caressa la chienne et lui lança un joyeux « Bonjour, Sally !

— Si vous saviez comme je suis soulagée que votre sœur s'occupe de mon amour de Sally, confia la vieille dame. Elle est vraiment la personne idéale ! »

Tout en bavardant, Mme Bramble mit le panier et les friandises dans les bras d'Elizabeth. Celle-ci se demandait comment sa jumelle, ennemie jurée des chiens, s'y était prise pour demeurer dans la même pièce que l'animal... Elle se contenta d'approuver, et demanda à Mme Bramble si elle avait un numéro de téléphone où on pouvait la joindre.

La délicieuse vieille dame inscrivit l'adresse et le numéro de téléphone de sa famille sur un morceau de papier qu'elle enfouit sous l'oreiller du panier de Sally. Elle assura que toutes ces précautions seraient sans doute inutiles : sa Sally adorée ne pouvait tomber dans de meilleures mains. Jessica ne la contredit pas! Du moment que sa sœur se trouvait avec elle, le panier de la chienne entre les bras, elle se sentait tout à fait rassurée. Elizabeth savait comment se comporter avec les chiens. Tout allait pour le mieux!

«Nous allons prendre congé, madame Bramble, annonça-t-elle. J'ai promis à mes parents de rentrer tôt. Et toute la famille meurt d'envie de faire la connaissance de Sally!

— C'est parfait, ma chère. J'appellerai dans la soirée pour souhaiter une bonne nuit à Sally. Elle aime beaucoup entendre ma voix juste avant de s'endormir.»

Mme Bramble tendit la laisse à Jessica. Stupeur! Cette dernière se trouva brutalement entraînée vers la porte. La chienne voulait sortir et le manifestait de façon évidente...

En un instant, Jessica perdit toute sa

belle assurance. On aurait dit qu'une force colossale tirait la laisse. Quel gâchis ! Elle qui croyait que tout se passerait bien ! Pourvu que la laisse ne lui échappe pas ! Elle se voyait courant après l'animal à travers toute la maison. Il n'y avait pas une minute à perdre.

« Liz, tu vas tout laisser tomber ! » s'exclama-t-elle en glissant la laisse dans la main de Mme Bramble pour se précipiter près de sa sœur. Elle lui prit des mains l'énorme panier d'osier qui servait de lit à Sally.

« Il vaudrait mieux que ce soit toi qui tiennes le toutou. Je vais m'occuper de tout cela ! Bien trop lourd pour toi ! »

Elle mit tant d'empressement dans son geste qu'une côtelette d'agneau en caoutchouc sauta à terre.

Sally n'attendait que cela ! La laisse tomba d'entre les doigts de Mme Bramble, et l'animal fonça à toute vitesse au-devant de Jessica pour saisir la côtelette. Cette fois, Jessica fut prise d'une véritable panique. Elle lâcha le panier et mit ses mains devant les yeux, pour se protéger de cette vision d'horreur.

« Liz, au secours ! Au secours ! » hurla-t-elle.

La grande corbeille dans laquelle Sally dormait bascula et manqua de peu les pieds de Jessica. La chienne ramassa son jouet et rejoignit Jessica en remuant la queue. Elle abandonna la côtelette au pied de sa nouvelle gardienne. Le jouet couina. Sally s'attendait à ce que Jessica poursuive ce qu'elle prenait pour un jeu.

Mais cette dernière n'avait vraiment pas l'esprit à jouer. Les mains toujours devant les yeux, elle n'arrivait plus à maîtriser le tremblement qui la secouait. Elizabeth ramassa le panier en vitesse : il ne fallait surtout pas que Mme Bramble découvre le véritable motif de la peur panique qui s'était emparée de Jessica.

« Tu l'as pris sur le pied, Jess ? demanda-t-elle à sa jumelle, histoire de faire diversion. Tu devrais marcher un peu dans le jardin. Dans un moment, ça te lancera moins, tu verras... »

Jessica obéit de bon cœur. Mme Bramble se précipita dans la cuisine pour y chercher des glaçons. Pour sa part, Elizabeth attendit dans le salon en jouant avec la chienne. Quelques instants plus tard, même si elle boitillait un peu, Jessica assura qu'elle n'avait pas besoin de glace. Mme Bramble fit des recommandations de dernière minute, puis Elizabeth prit Sally par la laisse et quitta la maison avec sa sœur.

« Elizabeth Wakefiled, je te dois la vie ! Qu'est-ce que je serais devenue sans toi ? Je me le demande ! » s'écria Jessica en quittant Shady Dale Court.

Cette question, ce n'était pas la pre-

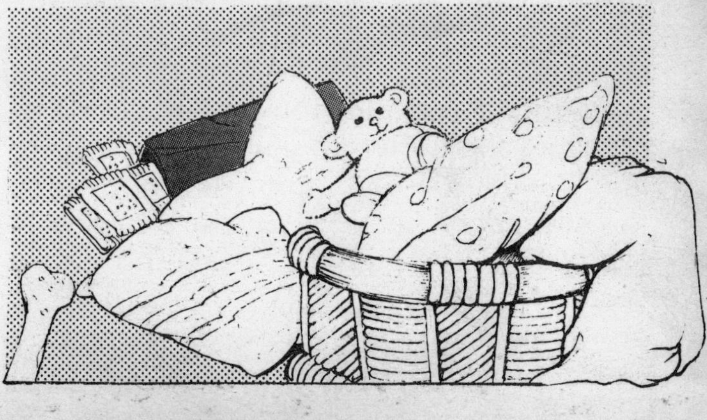

mière fois qu'elle la posait... Et Elizabeth avait l'intuition que ce n'était pas la dernière! Un large sourire illuminait le visage de Jessica.

Sally n'eut aucune difficulté à s'intégrer au clan des Wakefield! Mme Wakefield posa la corbeille dans un coin de la cuisine. Auparavant, M. Wakefield avait étendu une vieille couverture sur le carrelage. Steve rapporta de petits morceaux de bois ramassés dans le jardin et se mit à jouer avec la chienne. Elizabeth emplit son bol rouge d'eau fraîche et le posa à côté de la corbeille.

La seule personne qui ne se montrât pas aux petits soins pour la nouvelle venue fut précisément celle qui en avait la charge! Jessica ne pouvait oublier la façon brutale dont Sally s'était dégagée de Mme Bramble, chez elle, et la peur qu'elle lui avait causée. A présent qu'elle n'avait plus à prétendre aimer les animaux, elle se mit à éviter Sally comme la peste!

Quand il fut question de lui donner à manger, elle s'aperçut comme par hasard que l'odeur de la nourriture pour chien lui donnait la nausée. Elle se plaignit et gémit tant et si bien qu'Elizabeth lui proposa de s'en occuper. Au moment de la promenade du soir, elle se souvint tout à coup qu'elle n'avait pas terminé ses devoirs. Et Elizabeth fut à nouveau de corvée.

Le lendemain matin, même scénario. Comme d'habitude, Jessica arriva la dernière à la cuisine pour le petit déjeuner. Sally attendait avec impatience sa promenade matinale, aussi s'avança-t-elle vers sa nouvelle maîtresse, sa laisse dans la gueule. A cet instant précis, Jessica se rappela qu'elle devait arriver au collège en avance. Aussi prit-elle une tartine, rassembla-t-elle ses livres à la hâte, avant d'embrasser père et mère au passage pour se précipiter enfin vers la porte en criant :

« Je t'en supplie, Steve, sors-la à ma place, ce matin ! J'ai un rendez-vous urgent. Je t'en serai éternellement reconnaissante.

— Bon, d'accord ! » grommela le garçon en empoignant la laisse de Sally tandis que Jessica traversait le jardin en courant.

C'était bien la première fois que Steve voyait sa sœur aller au collège avec un tel empressement !

En fait, Jessica avait un « rendez-vous urgent » avec les Licornes. D'ordinaire, les filles de cinquième et de quatrième étaient les vedettes, au club : ce jour-là, il leur faudrait compter avec Jessica !

« Salut ! s'écria Janet Howell en apercevant son amie. Lila m'a dit que vous aviez pris vos billets pour le concert. Vous voulez que nous y allions ensemble, samedi ?...

— Mais je croyais qu'il n'y avait pas assez de place dans la voiture, interrompit Jessica, ne comprenant pas ce brusque changement d'attitude chez la très snob présidente du club.

— L'un des passagers s'est décommandé. Et puis, j'ai pensé que ce serait chouette de rencontrer Johnny avec toi, après la représentation. Après tout, je suis la présidente des Licornes, n'est-ce pas ? A ce titre, je dois lui souhaiter la bienvenue à Sun Valley.

— Jessica ! » appela soudain une voix, derrière le groupe de filles.

Elles se retournèrent d'un bloc. Bruce Patman remontait l'escalier. Il portait un maillot de football beaucoup trop grand pour lui, mais Jessica le trouva malgré tout fort élégant. Lorsqu'il fut à la hauteur des filles, il demanda :

« On m'a dit que tu avais un rendez-vous avec Buck. C'est vrai ? » Et il fixa Jessica droit dans les yeux.

A cet instant, elle eut l'impression que toutes les autres Licornes avaient disparu.

« Caroline Pearce a confié à Alex Betner que tu pourrais obtenir des autographes pour toute la bande. Si nous prenions un Coca, à l'entracte, toi et moi ? » proposa Bruce.

Ainsi, grâce à cette bavarde de Caroline, le collège entier était maintenant au courant de la lettre qu'avait envoyée Jessica à son idole...

« D'accord ! répondit-elle à Bruce avec un large sourire.

— On peut dire que les nouvelles vont vite ! remarqua Janet, avec un ricanement. Je me demande comment Caroline Pearce s'arrange pour tout savoir, quoi qu'il arrive. Elle ne fait même pas partie des Licornes !

— Ce n'est pas une raison, commenta Lila. Elle est toujours à fureter par-ci par-là, histoire de glaner quelque chose. Je parie qu'elle sait déjà ce que nous allons manger au déjeuner.

— La belle affaire ! s'exclama Bruce, comme la première sonnerie retentissait. Je le connais moi aussi ce menu !

— Vraiment ? s'étonna Jessica.

— Hé oui ! De quoi rendre malades pas mal de gens ! »

La deuxième sonnerie coupa court à la conversation. Les Licornes s'engouffrèrent dans le collège en poussant les lourdes portes de chêne. De tous côtés, ce n'étaient que rires et exclamations. Bruce accompagna Jessica : elle se sentait si heureuse qu'il lui semblait que son cœur allait éclater dans sa poitrine.

Son excitation au sujet de la fameuse soirée de samedi dura toute la journée du jeudi. Le soir, cependant, les jumelles sortirent épuisées de leur cours de danse. En rentrant à la maison, Jessica laissa tomber livres et cahiers d'un geste las et prit au passage une grappe de raisin. Mais Sally se mit à lui lécher les jambes et à aboyer avec impatience ; elle exigeait sa petite promenade...

« Oh non ! gémit Jessica. Tu crois qu'il faut vraiment que j'y aille, Liz ?

— Bien sûr ! Sinon, elle risque d'inonder la cuisine, et je ne te cache pas que maman n'appréciera pas !

— Mais je suis incapable de mettre un pied devant l'autre ! J'ai un point de côté ! J'ai dû trop forcer, à la danse. »

Là, Jessica se tut. Elle observait sa sœur.

« Ce que j'ai mal ! reprit-elle enfin avec une grimace. Tu ne pourrais pas me remplacer, Liz, juste une fois... »

Elle savait par expérience que, si elle lui demandait un service avec une raison valable, Elizabeth ne le lui refuserait jamais. Cette dernière n'ignorait pas, par expérience aussi, que les bonnes raisons de sa sœur surgissaient toujours quand elle avait un travail à faire.

Mais cette chienne, avec son pelage ébouriffé, l'attendrissait. Et puis, une petite promenade dans les rues de Sun Valley serait à coup sûr plus tonique que d'interminables discussions avec sa jumelle.

Au moment où Elizabeth sortait avec Sally, la sonnerie du téléphone retentit. Jessica se précipita sur le combiné à la vitesse d'un coureur olympique.

« Allô ! dit-elle, espérant en secret que c'était Lila, pour mettre au point le plan de samedi.

— Bonsoir, ma chérie, fit la douce voix de Mme Bramble. Je viens vous demander si tout se passe bien pour vous et ma petite Sally.

— Aucun problème, répondit Jessica en essayant de masquer sa déception. Sally est adorable. Elle aime beaucoup les promenades et a très bon appétit. J'en suis folle !

— Merveilleux ! Je le savais bien que je n'avais pas à m'inquiéter. Je voulais seulement lui souhaiter une bonne nuit.

— Je suis désolée, mais je ne peux pas vous la passer, déclara Jessica. Elle est sortie avec ma sœur. Je craignais de ne pouvoir marcher assez vite.

— Encore toutes mes excuses pour ce stupide accident, ma chérie. Votre orteil vous fait toujours mal, n'est-ce pas ? Courage ! Je vous ai acheté un petit cadeau...

— Oh, madame Bramble, vous n'auriez pas dû ! minauda Jessica. Notre souhait le plus cher à Sally et à moi, c'est de vous revoir en pleine forme, samedi matin, très tôt.

— Je meurs d'envie de vous retrouver toutes les deux. Bonsoir, ma chérie. »

Le point de côté dont souffrait Jessica se calma jusqu'à la fin du dîner. Quand elle songea à son travail, la douleur se raviva comme par enchantement. Et lorsqu'elle s'attaqua à son devoir de math, le mal devint quasiment insupportable.

Elle avait englouti un sac entier de popcorn et déjà cassé la pointe de son crayon à deux reprises, quand elle se décida à demander de l'aide.

Dès qu'elle eut ouvert la porte de la chambre d'Elizabeth, elle trouva celle-ci en plein travail. Sa lampe de bureau éclairait son livre d'anglais.

« Tu as déjà fini les maths, veinarde ! s'exclama Jessica en jetant un œil pardessus les épaules de sa sœur. Tu comprends mieux les énoncés que moi !

Même si je travaillais tout le restant de mes jours, je suis sûre que je ne deviendrais jamais aussi bonne que toi !

— Si tu souhaites que je t'aide pour les maths, autant te le dire tout de suite : la réponse est non ! répliqua Elizabeth, devinant le stratagème. Comment veux-tu progresser, si tu me supplies de faire ton travail chaque fois ?

— Lizzie, si j'agis ainsi, c'est que j'y suis absolument obligée, avoua Jessica en passant son bras autour des épaules de sa sœur. Tu comprends, si tu ne m'aides pas pour les maths, je n'aurai pas le temps d'étudier mon anglais et le reste. Et dans ce cas, je rentrerai trop tard à la maison pour pouvoir sortir cette pauvre Sally. Et si je rentre trop tard pour sortir Sally, ce sera toi qui devras le faire. »

Forçant Elizabeth à se lever, elle l'entraîna vers sa chambre.

« Après tout, poursuivit-elle, Sally est sous ma responsabilité. Je ne peux te laisser t'en occuper une fois encore. J'ai pris des engagements, auprès de Mme Bramble. »

Elizabeth se contenta de sourire. Sa sœur était imbattable, quand il s'agissait de trouver d'excellentes raisons pour que les autres l'aident dans son travail.

« Si tu acceptes, grande sœur, je t'en serai éternellement reconnaissante...

— Je sais... Je sais... coupa Elizabeth en chassant le paquet de pop-corn du livre de math de sa sœur. Que deviendrais-tu sans moi... ? »

6

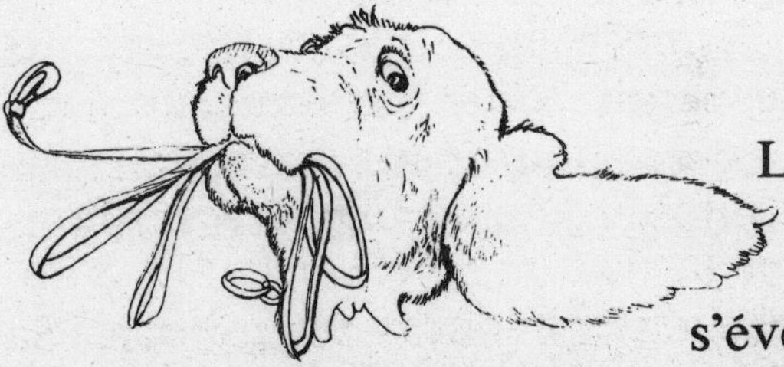

Le samedi matin, Jessica s'éveilla avec la délicieuse impression qu'elle allait vivre une journée vraiment pas comme les autres. Elle ne se leva pas tout de suite, préférant rêvasser dans ses draps roses. Une seule pensée l'occupait : le concert de l'après-midi. Elle s'imaginait tout près de la scène, au moment où Buck allait terminer sa dernière chanson. Elle le voyait s'avancer vers elle pour lui dédicacer sa casquette. Janet Howell en ferait une tête! Et, qui sait, si cette dernière lui laissait le commandement des majorettes pendant une semaine, elle lui permettrait de porter la casquette de Johnny et son fameux autographe.

Savoir ce qu'il écrirait, se demanda Jessica, en se retournant pour contempler la casquette posée sur sa chaîne stéréo...

« A toi pour toujours... », peut-être, ou mieux encore « Avec tout mon amour ». Cela n'avait finalement pas d'importance.

Jessica savait qu'elle conserverait cet autographe, quel qu'il soit, sa vie entière. Absolument sa vie entière.

Elle ne laverait pas la casquette, même lorsqu'elle serait toute poussiéreuse. Et tout usée, en lambeaux même, elle n'aurait toujours pas de prix à ses yeux.

Un bruit la tira de sa rêverie. On grattait contre la porte de sa chambre. Elle repoussa une mèche de cheveux blonds ébouriffés et dit à contrecœur, d'une voix endormie :

« Entrez ! »

Sally parut sur le seuil de la chambre et déposa sa laisse sur le couvre-lit en désordre de Jessica.

« Oh non ! s'écria cette dernière. Va-t'en ! »

Elle s'enfouit à nouveau sous ses draps mais des griffes acérées labourèrent bientôt ses épaules. Alors elle se leva, la chienne sur ses talons, et descendit au rez-de-chaussée. Pas le moindre membre de la tribu des Wakefield en vue ! Elle avait dû faire une grasse matinée, et ses parents étaient déjà à leurs rendez-vous, d'après eux, si importants...

«Steve? Elizabeth? Où êtes-vous?»

La question resta sans réponse. Découragée, Jessica se laissa tomber sur une chaise, devant la table de la cuisine. Des restes de petit déjeuner, une assiette vide témoignaient qu'elle avait une sœur et un frère... Evaporés!

Elle fixa Sally et celle-ci la regarda intensément. Un terrible mal de ventre travaillait Jessica : pas question de promenade! Mais Sally prit l'affaire en main! La laisse dans la gueule, elle courut vers la porte d'entrée et se mit à gratter de toutes ses forces avec ses griffes. La porte s'ouvrit tout à coup, renvoyant Sally à une vitesse folle vers la table de la cuisine. Trois filles entrèrent en riant aux éclats et, parmi elles, Elizabeth. Ouf! se dit Jessica.

«Si tu savais comme j'ai mal au ventre, Liz! se plaignit-elle aussitôt. Tu as bien fait de rentrer! Ce monstre allait mettre la porte en pièces, à force de gratter!

— Je suis désolée, Jess, mais Amy, Julie et moi avons rendez-vous à la pâtisserie, répliqua Elizabeth en allant chercher son porte-monnaie dans le placard.

Nous avons travaillé au journal tout le matin, et je leur ai promis des crèmes glacées. Caroline Pearce qui s'occupe de la chronique mondaine nous y attend. »

Là-dessus, Elizabeth se dirigea vers la porte d'un pas décidé.

« Quel délicieux petit animal ! » s'écria Julie Porter, une petite jeune fille très gracieuse, aux cheveux roux tout bouclés. Elle se pencha pour caresser Sally. En un instant son joli petit visage fut couvert de baisers : Sally débordait d'affection.

« Et affectueux avec ça, ajouta Julie.

— Trop, à mon avis, répliqua Jessica avec une moue. Je crois bien que je suis allergique aux poils de chien, annonça-t-elle en se tenant le ventre.

— C'est la seule raison pour expliquer tes malaises chaque fois qu'il est l'heure de sortir Sally, dit Elizabeth en riant.

— Vous devriez l'emmener avec vous, proposa Jessica tout heureuse de cette éventualité. Une chienne adorable comme Sally doit apprécier un petit tour en ville...

— Pas de chance ! lui jeta sa sœur en laissant passer Amy devant elle. Les chiens ne sont pas admis dans les salons de thé, tu le sais bien !

— Ce n'est pas ce que prétend Bruce Patman, déplora Julie en suivant ses amies. Selon lui il y en a plein qui travaillent derrière le comptoir ! »

Les trois filles partirent d'un éclat de rire sonore et sortirent. Jessica se retrouva en tête à tête avec Sally et finit par se résoudre à cette première promenade avec elle. Aussi s'habilla-t-elle à la hâte. Puis, se souvenant de la façon brutale dont la chienne s'était échappée chez Mme Bramble, Jessica entoura son bras à l'extrémité libre de la laisse. Pour plus de sécurité, elle fit trois tours. Et elle se dirigea avec courage vers la porte d'entrée.

Quelle belle journée ! Quelques légers nuages se promenaient dans le ciel. La rue était bondée : les chalands profitaient du chaud soleil de la Californie.

A chaque pas, Jessica rencontrait quelqu'un qui s'extasiait devant l'adorable petit animal. Mme Pearce, la voisine immédiate des Wakefield, fut du nombre.

Jessica était tellement habituée à entendre les louanges des gens qu'elle fut toute surprise de voir une fille de son âge passer son chemin sans un mot. Sans le moindre regard pour Sally ! Cette dernière remua la queue et se tortilla en vain. Les compliments usuels ne vinrent pas.

Tout d'abord, l'incident fit plaisir à Jessica. Enfin, une personne sensée! pensa-t-elle, avec un coup d'œil intéressé pour cette fille à la mise impeccable. Pas un seul de ses cheveux ne dépassait et, bien que le week-end eût commencé, elle portait une jupe étroite, des collants et un chemisier de prix.

Pour sa part, Sally n'apprécia pas cette attitude indifférente. Tirant sur la laisse, elle fit demi-tour pour atteindre la passante et se mit à aboyer très fort. L'inconnue se retourna. Son regard alla de Jessica à l'épagneul qui jappait de plus belle.

« Salut ! Je m'appelle Jessica Wakefield.

— Et moi, Brenda Dennis. Ton chien a vraiment besoin d'un bain... »

Même si Jessica ne faisait pas partie du club des admirateurs de Sally, la brutalité de la remarque la choqua.

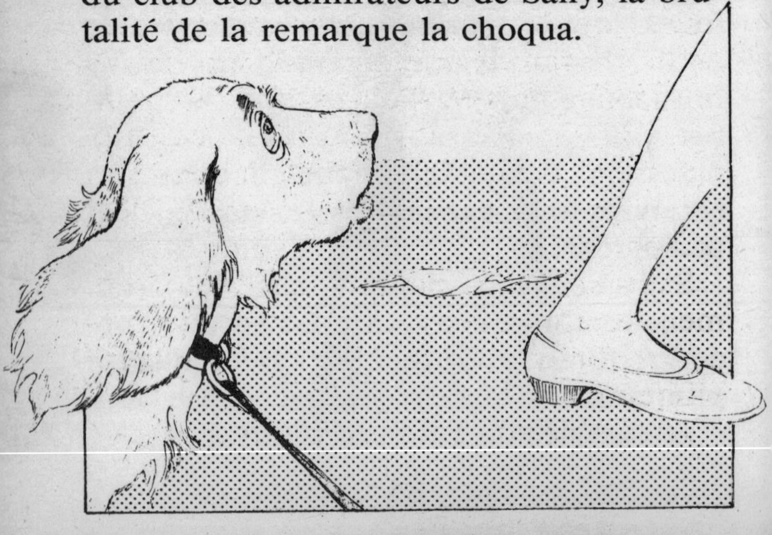

« Comment le sais-tu ? demanda-t-elle. Tu l'as à peine regardée ! »

Brenda allait poursuivre sa route, mais Sally ne l'entendit pas de cette oreille. Elle se tenait tout près d'elle et lui léchait les chevilles.

« Pouah ! Enlève-moi ce chien galeux ! cria Brenda en poussant Sally du pied.

— Ne lui fais pas mal ! C'est mon chien, répliqua Jessica, en colère malgré elle. Sally a peut-être besoin d'un bain, mais ce n'est pas une raison pour la bousculer !

— Mes excuses, jeta l'autre avec mépris. Quand je pense que je vais habiter dans cette ville idiote... »

Là-dessus, elle tourna les talons et descendit la rue.

A sa grande stupeur, Jessica la vit tourner et se diriger vers la vieille maison des Logginses. L'une des demeures les plus belles de tout le quartier. Elle avait été mise en vente après le départ des Logginses pour New York. Un camion de déménagement stationnait devant. A coup sûr, les Wakefield auraient une voisine fort peu agréable !

Sally et Jessica poursuivirent leur promenade. Comme avant cette pénible rencontre, Sally ne recueillait que des compliments.

Jessica décida enfin de rentrer.

Elle avait complètement oublié l'incident de Brenda Dennis.

Elle en avait un peu assez de voir que tout le monde s'extasiait devant l'animal de Mme Bramble, mais Sally s'était montrée assez obéissante, et Jessica n'avait pas trop à se plaindre.

Du moins, jusqu'à ce que les deux promeneuses rencontrent la chatte de Mme Blaney, à quelques dizaines de mètres de la maison des Wakefield. L'énorme animal noir avait horreur des chiens, surtout ceux du genre de Sally. En un instant, il eut griffé le nez de Sally. Et le bon vieux cocker se transforma en une véritable boule de feu. Entraînant Jessica, il traversa le jardin des Blaney, sur les traces de son bourreau.

Cette fois, Jessica n'avait plus le loisir de songer au concert de l'après-midi. Johnny Buck était bien loin de ses pensées ! Son but ? Tenir ! Tenir bon la laisse qui l'emportait par-dessus les haies, à travers les rues, dans une course-poursuite effrénée. La chatte avait beau être très grasse, elle n'avait rien perdu de son agilité. Et il fallut bien cinq minutes pour que s'arrête enfin cette course. Jessica et Sally, hors d'haleine, se retrouvèrent au pied d'un chêne majestueux. Tout là-haut, dans les branches les plus inaccessibles, se tenait la chatte. Bien installée, elle semblait vouloir entamer son petit somme du samedi...

« Ma pauvre petite Tabbatha ! » s'écria Mme Blaney en faisant de grands gestes, tandis qu'elle s'approchait de l'arbre. Même si elle avait assisté à la scène de chez elle, elle ne savait pas que sa petite Tabbatha était en réalité un vrai monstre !

« Mon Dieu ! Jessica, regarde ce que cette canaille de chien lui a fait ! s'écria-t-elle en se tordant les mains de désespoir. Comment Tabby va-t-elle s'y prendre, pour redescendre de là-haut ?

— Je suis vraiment désolée, murmura Jessica en essayant de reprendre sa respiration. Mais... votre chatte a griffé Sally et Sally...

— C'est faux ! coupa Mme Blaney. Tabbatha n'a jamais griffé personne de sa vie ! Mon bébé est un brave chat ! Il laisse tout le monde tranquille, même les oiseaux ! »

A l'entendre, on aurait dit que Jessica avait accusé l'un des enfants de Mme Blaney de quelque méfait...

Jessica se doutait bien que, lorsque sa maîtresse avait le dos tourné, Tabbatha ne devait pas se gêner pour faire des sottises. Mais elle ne dit rien, préférant que

Sally soit seule accusée. Elle avait envie de rentrer à la maison le plus vite possible. Il était déjà neuf heures : Mme Bramble risquait d'arriver d'une minute à l'autre. Après tout, peu importerait qui avait griffé qui, lorsque Jessica serait assise à Secca Lake, en train d'écouter les derniers succès de Johnny Buck...

« Votre chatte aime sans doute grimper dans les arbres, hasarda-t-elle. Je suis sûre qu'elle redescendra, quand elle aura fait sa petite sieste...

— Je voudrais bien te croire », répliqua Mme Blaney, visiblement très en colère, en remettant une mêche rebelle dans son chignon. Elle cligna les yeux, dans la lumière du soleil, et ajouta : « Figure-toi qu'elle n'est jamais montée aussi haut ! Je vais devoir appeler les pompiers ! »

Les pompiers ! Jessica imagina la scène avec horreur ! Mme Bramble ne lui pardonnerait pas d'avoir mis sa chère Sally dans un pétrin pareil ! Et puis, elle n'arriverait jamais chez Lila à temps...

Il fallait ramener Sally à la maison le plus vite possible. Pour cela, une seule solution. Faire descendre Tabbatha de son arbre.

« Votre pauvre Tabby sera épouvantée,

si les pompiers arrivent, affirma Jessica. Je suis sûre qu'elle veut bien descendre. Tiens, Minette... Minette... »

Mais la chatte se retourna avec paresse et ferma les yeux.

Mme Blaney, toujours décidée à venir en aide à son petit animal sans défense, se dirigea vers sa maison pour téléphoner aux pompiers. Soudain, Jessica eut une idée de génie.

« Un instant, s'écria-t-elle en fouillant dans ses poches, à la recherche de la côtelette d'agneau en caoutchouc qu'elle y avait mise en sortant de chez elle.

J'ai ce qu'il nous faut! Tabbatha! Viens vite! Sally va te donner un drôle de jouet!»

Elle pressa l'objet de telle façon qu'on aurait cru entendre une véritable couvée de poussins, au pied de l'arbre. Tabbatha daigna jeter un coup d'œil en bas : bientôt, ses yeux verts s'ouvrirent tout grands.

«Tenez!» dit Jessica en mettant la laisse de Sally dans la main de Mme Blaney.

A chaque couinement du jouet, elle sentait l'espoir renaître en elle. Elle demanda à Mme Blaney de s'éloigner un peu, jusqu'au coin de la rue, de façon à ne pas effrayer la chatte. Promis juré! Dans une minute, elle aurait quitté son perchoir.

Pour une gentille petite chatte qui n'avait jamais fait de mal à un moineau, Tabbatha se montra très attirée par le jouet qui piaillait à qui mieux mieux! Dès que sa maîtresse et Sally eurent disparu au coin du pâté de maisons, elle se mit à descendre tout doucement le long du tronc.

«Viens vite, Minette, viens... appelait Jessica d'une voix douce tout en pressant la côtelette. Viens, Minette...»

Une fois en bas, Tabbatha observa un

instant le jouet, puis l'engouffra dans sa gueule avant de s'enfuir vers le jardin des Blaney. Jessica alla chercher Sally et rentra chez elle. Elle trouverait bien un moyen pour expliquer la disparition du jouet.

A peine entrait-elle dans la cuisine avec Sally que le téléphone sonna. A coup sûr, c'était Mme Bramble... Aussi prit-elle, pour répondre, la voix d'une personne sûre d'elle et efficace.

« Tu es drôle ! remarqua Lila Fowler. Qu'est-ce qui se passe ? Pourquoi ne viens-tu pas tout de suite chez moi ? Je meurs d'envie de te montrer le nouvel ensemble que papa m'a offert, pour le concert !

— J'arrive dès que la propriétaire de Sally sera venue la récupérer ! répondit Jessica. Mais en attendant, raconte-moi tout ! »

Après les émotions de la matinée, elle avait vraiment envie de se changer les idées ! Il fallait qu'elle songe aussi à la façon dont elle s'habillerait pour aller voir Johnny Buck.

« Sen-sa-tionnel, Jess ! Papa m'a vue avec et m'a dit que j'allais faire des ravages ! Il me va à ravir !

— Formidable, Lila ! » s'écria Jessica, sachant que la garde-robe de son amie était au moins trois fois plus importante que la sienne.

A peine eut-elle posé le combiné qu'elle appela la petite maison de Shady Dale Court. Peut-être, pensait-elle, à bout de nerfs, Mme Bramble avait-elle essayé de lui téléphoner pendant qu'elle était sortie avec Sally... Les services du téléphone recommandaient toujours de laisser sonner au moins dix fois, aussi Jessica attendit-elle vingt sonneries avant de raccrocher.

A l'évidence, Mme Bramble, n'était pas rentrée de voyage.

Il n'y avait pas une minute à perdre. Jessica décida de rassembler dans un sac les vêtements qu'elle porterait au concert. Ainsi, dès que Mme Bramble appellerait, elle serait prête. L'horrible réalité s'imposa bientôt à elle : elle n'avait rien à se mettre ! Elle eut beau chercher dans les tiroirs, fouiller sur toutes les étagères, rien ne lui paraissait convenir pour une pareille occasion ! Soudain, elle se souvint qu'il y avait, là tout près, une pleine armoire de vêtements qu'elle n'avait pas encore examinée.

Se précipitant dans la chambre d'Elizabeth, elle ouvrit le placard et jeta un œil critique sur tout ce qui s'y trouvait. Elle élimina tous les vieux habits que portait d'ordinaire sa jumelle, et tomba enfin sur ce qui lui fallait. Dans un coin, bien rangée dans son emballage de cellophane, elle venait d'apercevoir la tenue qu'Elizabeth avait achetée au Kendall, pour la soirée des sixièmes.

Beige pâle, la robe avait un décolleté arrondi et une veste couleur framboise. Sur l'étagère du bas, il y avait une paire de ballerines de cuir fin vraiment adorables ! Jessica s'empressa de les enfiler et se précipita vers la glace en tenant l'ensemble devant elle.

Etant donné qu'Elizabeth avait la même taille qu'elle, il lui irait à coup sûr. L'image que lui renvoya le miroir la ravit. La veste éclairait ses cheveux blonds, les chaussures étaient assorties à la robe. Voilà ce qu'elle devait absolument porter, pour le concert !

Et même si elle n'avait pas le temps de demander la permission à sa sœur, elle savait que celle-ci souhaitait de tout cœur la voir à son avantage, pour le plus beau jour de sa vie. Un rendez-vous avec Johnny Buck, c'était bien autre chose qu'une soirée de collège !

En s'examinant dans la glace avec assurance, Jessica s'aperçut qu'il lui manquait quelque chose. Un collier, ou un bracelet, donnerait à la tenue une touche finale.

Elle traversa la chambre de sa sœur, ouvrit son coffret à bijoux et se mit à chercher parmi les bracelets d'argent et les boucles d'oreilles fantaisie.

Elle repéra enfin les boucles d'oreilles qu'Elizabeth avait achetées pour l'anniversaire de leur mère. Bien rangées dans le couvercle à charnières de la boîte à bijoux, elles étincelaient sur le velours gris tapissant le coffret. Et, plus elle les regardait, plus Jessica avait la conviction qu'elles étaient faites pour sa nouvelle tenue.

si le concert n'avait pas une telle importance à ses yeux, elle n'aurait même pas envisagé d'emprunter ces boucles d'oreilles. Mais elle en était convaincue : sa mère, tout comme Elizabeth, ne voulait que son bonheur.

Et, dans l'état actuel des choses, son bonheur résidait dans le fait d'être au mieux de sa beauté pour Johnny. Ah! faire pâlir d'envie Lila Fowler... Avec un peu de chance, se dit-elle en passant les boucles à ses oreilles, elle les remettrait dans la petite boîte grise avant que quiconque ne s'aperçoive de leur disparition.

Comme elle terminait ses bagages, le téléphone sonna. A son grand soulagement, Jessica reconnut la voix de Mme Bramble.

Hélas! les nouvelles n'étaient pas très bonnes. Son autocar avait eu des ennuis mécaniques. Les passagers avaient été reconduits au dépôt, dans l'attente du prochain autobus. Et ils l'attendaient toujours...

«Je suis désolée, ma chérie. Le prochain départ pour Sun Valley est à deux heures trente. Cette attente me paraît interminable! J'ai tellement hâte de vous revoir, Sally et vous!

— Mais ce sera trop tard! s'exclama Jessica malgré elle, avec une voix teintée de colère, tandis que ses yeux se remplissaient de larmes.

— Trop tard?

— Je voulais dire que... Eh bien voilà, vous manquez terriblement à Sally... Et je lui avais promis que vous seriez de retour pour le déjeuner.

— A moi aussi, elle me manque beaucoup. Nous lui ferons oublier ce mauvais souvenir en la gâtant un peu ce soir. A bientôt!»

Mme Bramble raccrocha. Jessica retourna dans sa chambre. Elle claqua la porte, se jeta sur son lit et se mit à pleurer toutes les larmes de son corps.

7

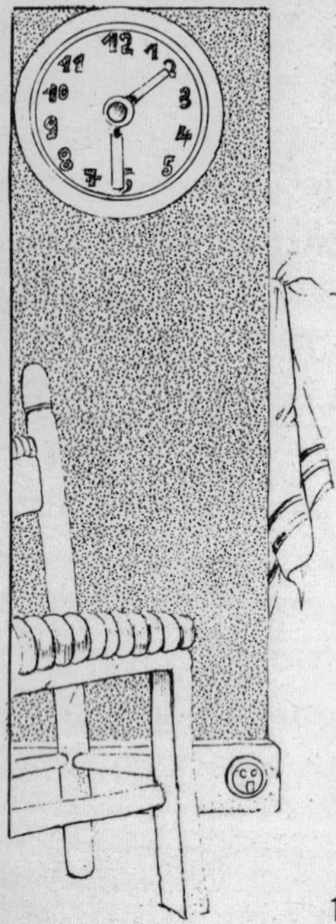

Jessica Wakefield n'était pas le genre de fille à laisser tomber pour si peu... Elle s'était donné trop de mal pour préparer ce grand jour, un simple contretemps ne pouvait anéantir tous ses efforts. Aussi s'arrêta-t-elle de pleurer et se mit-elle à réfléchir. Rien ne l'empêcherait d'assister au concert de Johnny Buck...

D'une part, elle s'était acquittée de la tâche pour laquelle Mme Bramble l'avait payée. Et elle estimait n'avoir pas volé cet argent. L'incident avec Tabbatha n'avait pas facilité les choses! D'autre part, Steve allait au concert, mais Elizabeth rentrerait tôt à la maison : elle pourrait veiller sur Sally durant quelques heures. Elle n'aurait qu'à expliquer à Mme Bramble que Jessica avait prévu depuis longtemps de passer la soirée chez Lila. Sans aucun doute, Liz saurait le faire admettre à la propriétaire de Sally.

Jessica prit la robe neuve d'Elizabeth et la mit dans son sac de voyage en prenant soin de ne pas la froisser. Une brosse à dents, un pyjama, la petite boîte à bijoux grise complétaient son bagage. Jessica Wakefield était prête pour le moment le plus extraordinaire dont une jeune fille puisse rêver !

Elle voyait déjà le beau visage de Johnny. Elle entendait sa voix puissante...

En descendant au rez-de-chaussée pour attendre le retour d'Elizabeth, elle ne pouvait détacher son regard de la pendule. Deux heures trente, déjà... Dans une heure et demie, le concert allait commencer. Et Elizabeth qui n'arrivait pas... Sally, hors d'haleine, haletait près de son bol vide. Jessica réalisa tout à coup que la course-poursuite avec la chatte avait sans doute assoiffé cette chienne d'un certain âge. Pantelante, elle ronflait comme un vieil aspirateur...

« J'ai compris... Je vais te chercher de

l'eau... Mais ensuite, je te laisserai toute seule comme une grande... Il faudra être bien sage, jusqu'à ce que tante Elizabeth arrive. D'accord ?»

Jessica alla remplir le bol rouge à l'évier. Quand elle revint, elle le posa près de l'épagneul et le regarda engloutir en moins d'une minute toute l'eau contenue dans le récipient.

«Tu avais encore plus soif que je ne pensais», remarqua-t-elle en allant remplir le bol à nouveau.

Et cette fois encore, Sally l'avala en moins de temps qu'il ne faut pour le dire. Jessica renouvela l'opération, emplissant le bol à ras bord.

«Et de trois! s'écria-t-elle. De quoi rassasier un chien deux fois plus gros que toi! Cela suffit, maintenant! Mais... Où avais-je la tête? fit-elle au bout d'un moment. Je ne peux pas te laisser ici toute seule! Tu vas abîmer les tapis!»

Elle lança un coup d'œil au ventre de Sally : il ressemblait à un ballon!

Si elle ne partait pas tout de suite, elle n'aurait pas le temps de se changer chez Lila. En outre, elle savait qu'il était très important pour elle d'arriver au concert le plus tôt possible. La moitié de l'intérêt de la soirée résidant dans le fait de trouver une bonne place afin que tous ses amis la voient, quand elle obtiendrait l'autographe de Johnny. Elle jeta encore un coup d'œil sur Sally qui marchait cahin-caha vers la porte : impossible de laisser ce ballon plein d'eau salir toute la maison !

« Tu veux sortir ? demanda Jessica. Eh bien, allons-y ! »

Elle prit une corde à linge dans le placard à balais, l'attacha par une extrémité au collier de Sally et alla dans le jardin avec la chienne. Tenant l'autre bout comme s'il s'était agi d'une laisse, elle chercha du regard l'arbre le plus gros du jardin.

Le vieux pin ferait l'affaire. Quand elles étaient petites, les jumelles aimaient beaucoup cet arbre géant et passaient de longues heures installées dans les branches les plus basses. Maintenant encore, Elizabeth se réfugiait souvent avec ses livres préférés sur une branche énorme qu'elle appelait son « lieu de méditation ».

L'endroit idéal pour Sally...

Jessica essaya de se souvenir des nœuds que lui avait appris Steve, à la fin de son jamboree de boy scout. Sans résultat... Ne lui revenait en mémoire que le grand rire moqueur qui avait salué ses différentes tentatives.

Après tout, un bon nœud tout simple ferait l'affaire ! De plus, Sally était si fatiguée par ses éclats du matin, qu'elle apprécierait un peu de repos sous le pin en attendant le retour d'Elizabeth.

Jessica entoura le tronc de l'arbre avec la longue corde, l'attacha du mieux qu'elle put, et se précipita dans la cuisine, où elle griffonna quelques mots pour sa sœur. Puis, sans le moindre regard à Sally, elle quitta la maison.

La chienne remarqua à peine son départ. Elle trouva vite de quoi s'occuper, surtout lorsqu'elle aperçut une ombre se déplaçant sur le mur blanc qui entourait le jardin empli de fleurs. Tabbatha revenait à la charge... Le nœud de Jessica céda aussitôt ! Sally fonça à la vitesse de l'éclair sur la chatte qui venait rôder dans le jardin.

Après avoir dégusté sa glace avec ses amies, Elizabeth rentra chez elle. A sa grande surprise, Sally ne l'accueillit pas de ses habituels aboiements affectueux... Sans doute, Mme Bramble était-elle déjà venue la récupérer... Soudain, elle aperçut le panier de la chienne, toujours dans le même coin de la cuisine, puis sa laisse, suspendue au portemanteau. Que s'était-il passé ?

Le petit billet de Jessica, fixé au réfrigérateur par un aimant, la rassura un peu.

« Liz, Mme Bramble ne viendra chercher Boule-de-feu que ce soir après le dîner. Je t'en supplie, garde-la pendant quelques heures. Je sais que tu trouveras le moyen de t'arranger avec Mme Bramble. »

Sur le i de son prénom, Jessica avait dessiné à la hâte un petit cœur à la place du point.

Elizabeth se mit aussitôt à chercher la chienne dans toute la maison. Elle l'appela, ouvrit les portes de chaque pièce pour le cas où elle se serait laissé enfermer par erreur. Elle passa ainsi en revue toutes les chambres et les salles de bains de l'étage. Au rez-de-chaussée, elle inspecta le salon, la salle à manger, les toilettes. Sans succès. Dans le bureau de son père, elle chercha même dans l'énorme tiroir de sa table de travail.

Sally restait introuvable.

Alors Elizabeth décida d'examiner les abords de la maison.

« Sally ! Sally ! » criait-elle, en regardant dans chaque

corbeille de fleurs, et en cherchant aussi près de la piscine.

Lorsqu'elle aperçut enfin la longue corde attachée au pin, elle se dit qu'elle devait absolument essayer de joindre Jessica...

Hélas, chez les Fowler, le poste était occupé ! La famille de Lila devait compter un sacré bavard ! Elizabeth renouvela son appel six fois. Toujours occupé... Alors, prenant son courage à deux mains, elle se rendit chez Lila : perdre son temps à essayer d'obtenir son numéro était inutile.

Elle arriva chez les Fowler quelques minutes plus tard. Essayant de reprendre son souffle, elle frappa très fort à la porte de chêne, et attendit que l'employée de maison vienne lui ouvrir.

Une grande femme parut bientôt sur le seuil. Jessica et Lila avaient quitté la maison quelques instants plus tôt. Elles ne seraient de retour qu'à huit heures trente. Là, Elizabeth se sentit découragée.

Elle remercia la domestique qui ferma aussitôt la porte. A peine si Elizabeth avait eu le temps de voir le sol de marbre ciré et l'imposante cage d'escalier de l'entrée.

Seule devant cette luxueuse demeure, elle se félicita de ce que personne ne vît les larmes qui emplissaient ses yeux. Comment Jessica avait-elle pu faire une chose pareille? Se montrer si insouciante? Mme Bramble viendrait chercher Sally avant même que Jessica ne soit de retour chez Lila. Elizabeth devrait affronter la vieille dame. Que lui raconterait-elle, pour expliquer l'absence de sa sœur?

Elle réfléchit durant un court moment. Si elle voulait retrouver Sally, il lui faudrait du renfort. Aussi dès son retour à la maison appela-t-elle Amy Sutton pour lui annoncer la mauvaise nouvelle. Elle lui demanda de venir à bicyclette le plus tôt possible. Quatre heures trente déjà... Elles n'avaient que quelques précieuses heures pour retrouver Sally.

Amy fut là en un temps record, et Elizabeth l'aurait embrassée, tant elle était heureuse. Elle savait qu'elle pouvait compter sur cette fille. Sa présence en un moment aussi critique lui était fort précieuse.

Les deux amies décidèrent de passer les alentours au peigne fin. A bicyclette, elles gagnaient du temps. Elles sonnèrent à toutes les portes, inspectèrent tous les jardins. De toute évidence, compte tenu de son âge, Sally ne devait pas se cacher bien loin. Après une heure et demie à ce rythme, elles étaient exténuées. Fourbues de fatigue. Tout le monde, à la ronde, connaissait la mésaventure.

Personne n'avait vu la chienne. Bien entendu, Mme Blaney fit allusion à l'incident du matin, mais elle n'avait pas aperçu la moindre trace de Sally l'après-midi.

« Elle a dû se perdre, reconnut Elizabeth, le cœur en lambeaux.

— Je suis vraiment désolée, Liz. Et je crois que tout le monde partage ta déception, assura Amy.

— C'est vrai. Ils ont été vraiment gentils. Mis à part la fille qui habite la maison des Logginses !

— Que veux-tu dire ?

— J'ai sonné chez elle pour voir si elle n'avait pas aperçu Sally. Et elle m'a répondu qu'une chienne comme elle méritait de s'être perdue, et qu'elle espérait bien ne jamais la revoir.

— Quelle horreur ! Ne pense plus à ces propos affreux, Liz... Hélas, la nuit commence à tomber. Et Sally n'a pas réapparu !

— Je vais rentrer. Il me faut affronter la situation : je n'ai pas le choix », déclara Elizabeth en tournant sa bicyclette en direction de la maison.

Elle se mit à penser à sa mère, quand elle découvrirait que Sally s'était échappée. A coup sûr, elle voudrait appeler Jessica chez Lila. Et si cela se produisait, à l'eau, le projet d'aller au concert de Johnny Buck !

Même si la dérobade de sa sœur l'irritait, Elizabeth savait qu'elle n'avait pas agi dans l'intention de faire du mal à quiconque. Surtout pas à Sally. Comme à l'accoutumée, quand elle s'était mis quelque chose dans le crâne, plus rien n'existait pour elle.

Après avoir quitté Amy devant chez elle, Elizabeth accéléra pour rentrer. Elle tourna au coin de la rue et vit la maison. Là, elle crut que son cœur allait s'arrêter de battre. La voiture de sa mère stationnait le long du trottoir.

Complètement découragée, et à bout de forces, elle rangea son vélo dans le garage et gagna la cuisine d'un pas las.

Elle allait devoir expliquer à sa mère encore un bon tour de sa sœur. Un de ceux qu'elle avait le génie de lui laisser tirer au clair...

8

« J'espère que tu as apporté tes jumelles ! cria Lila en essayant de dominer le tumulte qui emplissait Secca Lake.

— Bien sûr, répondit Jessica. Quand je pense que nous allons bientôt entendre cette voix de rêve... »

De la place qu'occupaient les deux amies, les machinistes ressemblaient à de minuscules fourmis noires.

Dès que Johnny fit irruption sur la scène avec ses musiciens, une véritable marée d'applaudissements et de cris déferla. Jessica se tortilla pour tenter d'apercevoir le chanteur. En vain... Elle n'y réussit que lorsque la vedette se détacha du groupe et se dirigea vers le micro.

Des rayons laser jaunes et verts éclairèrent la scène et Buck, tout de noir vêtu, entama sa première chanson. *Saturday Blues...* Un morceau très rythmé que Jessica et toutes les Licornes adoraient. Durant quelques secondes, elle ferma les yeux et se laissa emporter par la voix chaude de son idole. Elle se prit même à penser que le chanteur se tenait à son côté...

« Il est sensas, pas vrai ? souffla-t-elle avec une petite tape sur le bras de son amie. Mieux que ça ! Je ne trouve pas le mot ! »

Lila partageait son émotion. Elle sourit à Jessica, et, rêveuse, regarda à nouveau la scène. Soudain, les deux amies sentirent leur cœur se serrer. Le micro venait de tomber en panne !

Trois hommes se précipitèrent sur la scène et se mirent à manipuler le micro avec des gestes fébriles. Deux autres foncèrent vers la forêt de micros qui se trouvaient près du batteur et se mirent à démêler les fils électriques noirs gisant pêle-mêle sur le plancher. Un sixième individu enfin s'avança au milieu de la scène et leva les deux bras. Il ouvrit la bouche pour demander à la foule de garder son calme. Hélas! il n'en fut rien. Les gens se mirent à crier, à frapper du pied. Certains hurlaient même : «Remboursez! Remboursez!» Une femme, assise devant Lila et Jessica, lança une bordée d'injures qui provoqua un silence de quelques secondes tout autour d'elle.

Le tintamarre reprit bientôt de plus belle. Jessica saisit la main de Lila :

«Approchons-nous, lui dit-elle. Si nous arrivons à gagner quelques rangs, nous serons très près de la scène, à l'entracte. N'oublie pas que nous avons pas mal d'autographes à lui demander!»

En tenant sa précieuse casquette d'une main, elle se mit à pousser Lila. Mais cette dernière ne lui obéit pas. Elle ne voulut rien savoir. Elle ne changerait pas de place. Si Jessica voulait le faire, libre à elle! Inutile d'essayer de l'obliger à revenir sur sa décision : Lila était têtue comme pas une. Apercevant un garçon qui ressemblait à Bruce Patman, Jessica s'efforça de se frayer un chemin pour gagner le bas-côté de la salle. Une fois à la hauteur du garçon, elle dut reconnaître que ce n'était pas Bruce. Il était tellement pris par ce qui se passait sur la scène qu'il ne remarqua même pas Jessica, pas plus qu'il n'accordait d'attention à la fille qui le tenait par les épaules.

Déçue, Jessica tenta de rejoindre Lila. Hélas! impossible de la repérer dans la foule. Le micro de Johnny avait été réparé. Tout rentrait dans l'ordre. Les spectateurs se balançaient au rythme de la musique. Une véritable marée humaine entourait Jessica. Comment retrouver Lila?

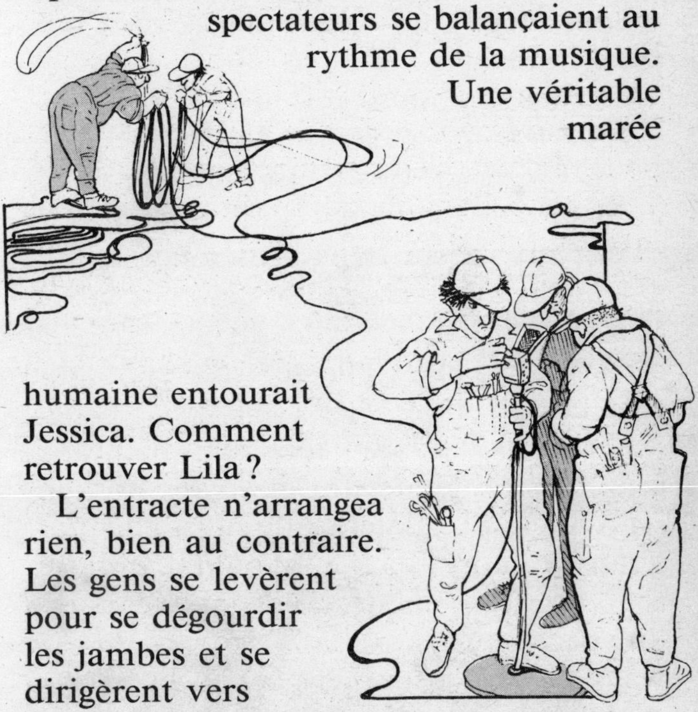

L'entracte n'arrangea rien, bien au contraire. Les gens se levèrent pour se dégourdir les jambes et se dirigèrent vers le bar. Jessica abandonna ses recherches. Elle se laissa porter par la foule vers la scène vide. Tout à coup, elle sentit une main sur son épaule. Elle sursauta et se retourna : c'était Bruce Patman. L'air détendu, il lui souriait.

«Salut, Jess!

— Salut, Bruce! répondit-elle, réconfortée par la présence de quelqu'un qu'elle connaissait. Figure-toi que j'ai perdu Lila !

— Tant mieux ! N'avions-nous pas rendez-vous pour aller prendre un Coca, toi et moi ?

— Super ! Allons-y ! »

Jessica sourit et se mit à suivre Bruce à travers la foule très dense. On aurait dit qu'il savait exactement où il voulait aller. Elle avait repéré deux tentes jaunes qui abritaient une buvette, de chaque côté de la scène. Si Bruce et elle parvenaient jusqu'à l'une d'elles, elle se trouverait plus près de son idole.

Les deux amis se mêlèrent bientôt à une longue file, devant l'une des immenses tentes. Ils allaient atteindre leur but, quand Johnny Buck et son groupe entrèrent en scène pour la deuxième partie du spectacle.

Des rayons laser bleus et rouges balayèrent le ciel puis la tête des spectateurs, tandis que les musiciens entamaient l'un de leurs plus grands succès. Bruce prit Jessica par la main et l'entraîna.

« Il chante "Forever Faver" ! Ma chanson préférée ! Allons vite nous asseoir !

— Non ! fit Jessica. Je reste là. Il va signer ma casquette.

— Comme tu voudras. A tout à l'heure ! »

Elle n'avait nulle envie de retrouver Lila et pas davantage d'aller s'asseoir ! Il lui fallait arriver jusqu'à Johnny avant la fin du spectacle.

Bruce disparut bientôt dans la foule. Jessica ne quittait pas la scène des yeux. Peu à peu, elle progressait parmi les spectateurs. Les rayons lumineux la guidaient vers les musiciens. Toutefois, sans Bruce, elle se sentait un peu perdue.

Parvenue au pied de la scène, elle remarqua quelque chose d'étrange. Il y avait là un groupe de filles de son âge. L'une d'elles, une jolie rousse qui regardait Johnny d'un air possessif, retint particulièrement son attention. Elle serrait bien fort contre sa poitrine une casquette tout à fait identique à celle de Jessica !

Ainsi Johnny avait possédé deux casquettes semblables ? La question laissa Jessica perplexe. Elle serra son propre fétiche avec plus de force encore et poursuivit sa progression parmi les admirateurs du chanteur.

Trois filles criaient à tue-tête : « Johnny, nous t'aimons ! Johnny, nous t'aimons ! » Mais ce ne furent pas ces mots qui pétrifièrent Jessica... A son grand désarroi, elle s'aperçut qu'elles avaient, elles aussi, une casquette à la main. Trois casquettes absolument identiques à celle que Johnny lui avait jetée, au *Valley View Hotel!*

«Il a dû distribuer ses casquettes sans compter!» pensa Jessica, folle de rage, en découvrant que beaucoup d'autres admirateurs avaient la même que la sienne. Elle se souvenait combien elle s'était pavanée avec cette casquette idiote, combien elle s'était rendue ridicule en prétendant que Johnny Buck lui avait offert son précieux couvre-chef... Tandis qu'il terminait sa dernière chanson, Jessica se trouva enfin au premier rang. Une bonne cinquantaine d'admirateurs agitaient une bonne cinquantaine de casquettes en poussant des hurlements.

C'est truqué! Cette terrible vérité s'imposa à Jessica. A chacun de ses spectacles Johnny devait envoyer des douzaines de casquettes. A cet instant, elle fut bousculée, poussée par une meute de filles, croyant toutes posséder le souvenir le plus précieux qui puisse exister.

La musique cessa. Les lumières s'éteignirent. Alors Jessica décida d'essayer de faire dédicacer sa casquette par le chanteur. Ce serait néanmoins un souvenir irremplaçable. Si Johnny faisait quelques pas vers l'avant-scène, elle avait la conviction de pouvoir l'amener à se rendre compte de l'importance que cette dédicace avait pour elle.

Mais la chance de demander un autographe au célèbre chanteur ne lui fut pas donnée. Quand il salua, deux gardes du corps colossaux le rejoignirent et se placèrent de part et d'autre de lui, comme deux serre-livres. Un dernier salut, et Buck partit avec eux sans s'être avancé vers l'avant-scène. Tout autour de Jessica, les filles poussaient de grands cris, agitant des centaines de casquettes, des albums et des tee-shirts portant ces mots : *« Nous voulons The Buck ! »*

Cela devint vite une sorte de leitmotiv et tous se mirent à scander : « Nous voulons The Buck ! Nous voulons The Buck ! »

De tous côtés, on tapait des pieds, on criait, on frappait des mains. Jessica pensa que Johnny allait revenir d'un instant à l'autre. Soudain, le vacarme cessa : une silhouette traversa la scène à grands pas et s'approcha du groupe d'admirateurs tenaces. Hélas, ce n'était pas Johnny Buck, mais un petit bonhomme bien gras, des photographies de la vedette à la main.

Transpirant sous les projecteurs, il lança les photos les unes après les autres vers les mains avides de la foule qui entourait la scène. Jessica fut poussée en avant avec une telle force par les admirateurs qui se trouvaient derrière elle qu'elle fut projetée contre une fille, devant elle,

« Attends ton tour ! » cria celle-ci en se retournant. Jessica perdit l'équilibre et tomba. Au lieu de se relever pour tenter d'attraper une photo, elle resta immobile. Assise sur l'herbe humide, elle se prit la tête entre les mains et se mit à pleurer, tant elle se sentait humiliée.

« Non, pas vous ! Vous là-bas ! Vous, petite demoiselle ! Aidez-la à se relever, voyons ! Cette photo est spécialement pour vous ! » cria le bonhomme.

A sa grande surprise, Jessica découvrit qu'il s'adressait à elle. Un instant après, deux bras solides la soulevaient. Le visage ruisselant de larmes et la robe tachée d'herbe, elle regarda l'homme qui l'avait interpellée.

« Venez ici, mademoiselle ! cria ce dernier. Johnny vous a spécialement dédicacé celui-ci », annonça-t-il en lui tendant un cliché brillant, avant de se tourner vers d'autres admirateurs.

« Qu'est-ce qu'il t'a écrit ? demanda la fille qui avait fait tomber Jessica, en regardant avidement par-dessus son épaule.

— *"Continue à aimer le rock. Ton ami Johnny Buck."* Super ! s'exclama Jessica.

— Il a écrit la même chose sur le mien ! »

Jessica considéra un instant le cliché noir et blanc qui montrait Johnny installé dans un hamac, avec sa guitare.

Les quelques mots qu'elle avait lus étaient griffonnés dans un angle, à l'encre bleue.

Aucun doute là-dessus : tous les jeunes qui se trouvaient autour d'elle avaient une photo de Johnny portant la même dédicace. Elle qui avait tant rêvé d'une casquette unique portant les mots : *« A Jessica pour la vie. Johnny »,* elle se retrouvait avec une photo sans intérêt, et un autographe passe-partout !

Jamais encore elle ne s'était sentie aussi humiliée ! Complètement perdue, aussi. Comment s'y prendrait-elle pour retrouver Lila ? Pourquoi n'avait-elle pas écouté Elizabeth ? Pourquoi ne se trouvait-elle pas tranquillement chez elle, en ce moment, avec 25 dollars en poche, qu'elle pourrait dépenser à sa guise ?

« Où étais-tu passée ? fit soudain une voix bourrue. Nous t'avons cherchée partout ! »

Jessica reconnut le frère de Janet. Il avait l'air très en colère.

« Avais-tu oublié que nous devions tous nous retrouver près de la fontaine après le concert ? » demanda-t-il.

Jessica se contenta de le suivre sans dire un mot. Elle se sentait soulagée. En effet, Janet, Lila, elle et les garçons étaient convenus d'un rendez-vous à la fontaine au cas où l'un d'eux se perdrait. Mais elle n'y avait plus pensé. Par chance, Lila n'avait pas oublié, et elle avait envoyé les garçons à sa recherche. Elle s'engouffra dans la Mustang, sur le siège arrière, et se jura d'attendre ses vingt et un ans pour aller à un autre concert !

Dans la voiture, tout le monde parlait en même temps. A l'évidence, ils avaient tous passé une soirée du tonnerre.

Même Lila reconnut qu'après l'incident du micro, elle avait vraiment apprécié la musique et les effets de la lumière.

« Au fait, Jess, demanda-t-elle, tu lui as parlé ?

— Pas vraiment, murmura celle-ci. Il n'avait pas le temps.

— C'était à prévoir », remarqua Janet avec un air méprisant.

Jessica se sentit ridiculisée... Soudain, une idée traversa son esprit.

« Son assistant m'a donné cette photo. Johnny l'avait spécialement dédicacée pour moi ! » affirma-t-elle en tendant le cliché à Janet.

Celle-ci pouffa de rire et passa la photo aux autres.

« Tu te figures qu'il l'a dédicacée spécialement pour toi ! s'exclama-t-elle. Disons pour toi et pour un bon millier de gens ! J'ai acheté exactement la même à la buvette ! Tiens, regarde ! »

En effet, on y voyait Johnny dans son hamac... Et dans un coin, la même dédicace ridicule. Jessica savait que Janet la poursuivrait toujours avec cette histoire idiote. Le cœur en lambeaux, elle se dit qu'elle demanderait un précepteur à sa mère. Jamais elle n'oserait retourner en classe !

Les joues en feu, elle se tint silencieuse dans la voiture et, pour la première fois de la soirée, elle pensa à Sally. Si elle avait su, elle serait restée à la maison, elle aurait mené à bien son petit boulot, et serait encore en possession de ses 25 dollars...

Hélas ! il était trop tard.

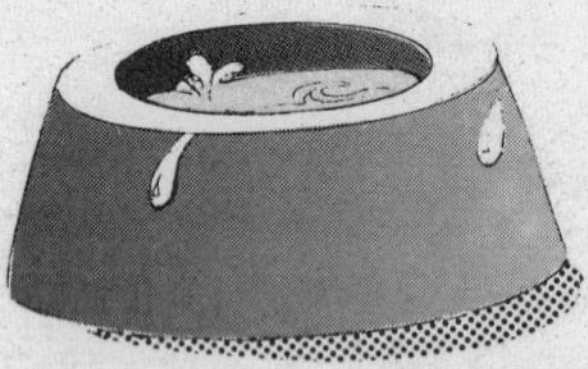

9

Mme Wakefield accrocha son porte-documents à une chaise de la cuisine et s'assit pour prendre une tasse de café. Elle allait lire le petit mot de Jessica quand Elizabeth entra.

« Bonsoir, ma chérie ! Nous voilà seules toutes les deux, ce soir. Si nous fêtions mon succès ?

— Bonne idée, maman », répondit Elizabeth, heureuse que sa mère ait obtenu les résultats escomptés. Mais elle devait lui parler de la mésaventure de Sally. Et ce n'était pas chose facile... « Il faut que je te dise quelque chose, poursuivit-elle.

— Hum hum ! Tu m'as l'air inquiète !

remarqua Mme Wakefield en se dirigeant vers l'évier pour y rincer sa tasse. Tu ne vas pas m'apprendre que Sally a mâchonné mes rideaux !

— Bien pire, maman ! Elle a disparu !

— Qui a disparu ?

— Sally ! »

Mme Wakefield écouta en silence le récit des recherches infructueuses menées par sa fille et Amy dans le quartier.

Elizabeth lui parla du petit billet laissé par Jessica et de l'horrible après-midi qu'elle avait elle-même passé.

Bien entendu, elle se garda de mentionner un détail : le concert de Johnny Buck. Ainsi, si sa sœur avait des ennuis à cause de sa négligence, elle échapperait du moins aux remontrances de ses parents, furieux qu'elle ait désobéi. Elizabeth ne pouvait supporter de voir sa sœur punie, même si la punition était méritée.

« Je ne comprends pas pourquoi elle ne t'a pas attendue, remarqua Mme Wakefield, l'air étonné mais pas tellement fâché. Puisqu'elle allait passer toute la nuit chez Lila, elle n'était pas à quelques heures près !

— Elle avait peut-être promis aux Fowler de dîner avec eux, hasarda Elizabeth.

— Mais elle avait déjà pris un engagement bien plus important, déclara sa mère. Envers Mme Bramble, ne l'oublie pas ! »

Soudain, on sonna à la porte d'entrée. Elizabeth et Mme Wakefield sursautèrent. Elles échangèrent un regard inquiet. Elles savaient toutes deux qui était là... Qui irait ouvrir ?

Finalement, ce fut Elizabeth, un sourire gêné aux lèvres, qui accueillit la vieille dame.

« Bonsoir, madame Bramble. Entrez, je vous en prie... Maman est dans la cuisine.

— Bonsoir, ma chérie ! Je ne m'arrête pas... Je voulais simplement vous remercier de vous être occupée de Sally. Au fait, j'oubliais le petit cadeau dont je vous ai parlé ! »

Là-dessus Mme Bramble tira de son sac une boîte enveloppée d'un joli papier et la mit entre les mains d'Elizabeth. Celle-ci réalisa tout à coup que la vieille dame l'avait prise pour sa jumelle.

« Je suis Elizabeth, madame Bramble. Je donnerai cela à Jessica dès son retour ! Je vous remercie pour elle. Vous ne voulez vraiment pas vous asseoir quelques minutes ? »

Tout en parlant, Elizabeth désignait la

porte du salon à la visiteuse. Elle se disait qu'il valait mieux qu'elle soit assise pour apprendre ce qui était arrivé à Sally...

« Non merci, je vais vous débarrasser de ma petite chérie et nous rentrerons à la maison toutes les deux...

— Vous avez l'air épuisée, remarqua Mme Wakefield en apparaissant dans l'entrée. Vous avez dû faire un voyage exténuant ! J'insiste pour que vous veniez vous reposer quelques instants. »

Mme Bramble finit par s'installer sur le canapé. Elle évoqua brièvement les problèmes de l'autocar et les retards qu'ils avaient entraînés.

« Assez parlé de moi ! déclara-t-elle en riant. Parlons un peu de vous et de Sally ! Si vous saviez combien j'étais rassurée de savoir qu'elle se trouvait dans une famille aussi délicieuse que la vôtre ! »

Mme Wakefield et sa fille échangèrent de nouveau un coup d'œil inquiet. Cette malheureuse Mme Bramble leur faisait tellement confiance qu'elles se sentaient toutes deux mal à l'aise comme jamais. Elizabeth fut soulagée quand elle comprit que sa mère allait annoncer la triste nouvelle.

« Hélas, l'un des membres de notre famille n'a pas fait face à ses responsabilité, madame Bramble, commença-t-elle.

Ma fille Jessica avait promis de passer la nuit chez une amie à elle et, malgré notre retard, elle n'a rien changé à ses projets.

— Mais elle a eu parfaitement raison, déclara la vieille dame en souriant. Je connais les jeunes! Je suis sûre que Sally sera désolée de partir sans l'avoir saluée! »

Là, Mme Wakefield se sentit très mal à l'aise. Elizabeth la vit se tortiller sur sa chaise, puis prendre gentiment le bras de sa visiteuse pour terminer son triste récit.

« Madame Bramble, le malheur est que Jessica ne nous a pas attendues pour partir... Elle a attaché Sally à un arbre, dans le jardin. Elle l'a laissée toute seule, et lorsqu'Elizabeth est rentrée, Sally s'était libérée!

— Elle adore courir, commenta la petite dame qui, visiblement, ne réalisait pas ce qui s'était passé. Il m'arrive d'avoir un mal fou à la suivre, cette pauvre chérie!

— Madame Bramble, lorsque je suis arrivée, Sally avait disparu, expliqua Elizabeth. J'ai demandé à tous les voisins, personne ne l'a vue! »

Elizabeth se sentit triste à mourir. Mme Bramble était si exquise dans son tailleur de voyage violet! Le regard tourné vers la porte de la cuisine, elle avait l'air d'attendre l'apparition de sa chère Sally. Puis elle sembla se rendre compte de ce qui se passait. Ses yeux fatigués s'emplirent de larmes et, d'une voix tremblante, elle demanda :

« Vous voulez dire que ma petite Sally s'est perdue ? Vous voulez dire que ma fille se trouve seule, Dieu sait où ? »

Elizabeth faillit éclater en sanglots. La chienne était tout ce que Mme Bramble possédait au monde...

« Comprenez-moi, dit-elle à travers les larmes qui roulaient sur ses joues. Depuis le décès de mon mari, Sally représente ma seule famille. Je sais que cela peut paraître ridicule de s'attacher autant à un chien, poursuivit-elle en fouillant dans son sac pour y prendre un mouchoir et sécher ses larmes. Mais ma fifille et moi, nous veillons l'une sur l'autre depuis si longtemps... »

Mme Wakefield passa le bras autour des épaules de Mme Bramble et ne dit rien. Elizabeth savait que sa mère était déchirée. Les mots ne serviraient à rien. Et surtout pas à ramener Sally à la maison.

Soudain, la petite dame se leva, l'air décidé. Elle s'efforça d'annoncer calmement son plan d'action.

« Bon, déclara-t-elle en rangeant son mouchoir, si Sally est perdue, il nous faut la retrouver. Elle connaît ma voix.

Ma fifille est âgée, mais elle vient toujours, quand je l'appelle !»

La mère d'Elizabeth prit Mme Bramble par le bras, et le trio se dirigea vers la porte de derrière, qui ouvrait sur le jardin. On montra à la vieille dame l'endroit où Sally avait été attachée, on chercha à repérer la direction qu'elle aurait pu prendre.

Même si Elizabeth et Amy avaient déjà inspecté les coins et les recoins aux alentours, frappé à toutes les portes, Mme Bramble restait persuadée que, perdue et affolée, la chienne se terrait dans les parages.

Elles cherchèrent durant une bonne demi-heure, fouillant les abords de toutes les maisons, dans les rues avoisinantes. Mme Bramble appelait Sally de sa voix fluette et tremblotante. Il y avait tant de chagrin dans cette voix qu'Elizabeth en avait le cœur serré. Elle aurait donné n'importe quoi pour voir la vieille chienne au poil en broussaille surgir de l'ombre. Mais il n'y avait pas le moindre signe de Sally...

Au fur et à mesure que le désespoir s'inscrivait sur le visage de Mme Bramble, Elizabeth et sa mère sentaient croître leur détermination à retrouver l'animal. Chaque fois que sa propriétaire l'appelait, Mme Wakefield ou Elizabeth l'appelaient à leur tour.

« Sally ! » crièrent-elles en traversant le jardin des Welches.

« Sally ! » appelèrent-elles devant la terrasse des Pearce.

Bientôt, elles eurent toutes les trois la voix éraillée. L'obscurité de la nuit les empêchait de voir.

Il fallut admettre cette triste vérité : Sally restait introuvable. Découragées, ne tenant plus sur leurs jambes, Mme Bramble, Mme Wakefield et Elizabeth rebroussèrent chemin. En tête, la mère visiblement hors d'elle.

« Appelle Jessica chez les Fowler, ordonna-t-elle, et dis-lui de rassembler ses affaires. Nous allons la chercher. Elle nous aidera à retrouver Sally ! »

L'horreur ! Jessica ne serait pas de retour du concert avant une demi-heure, au moins. Si Elizabeth ne trouvait pas le moyen de gagner du temps, elles arriveraient chez les Fowler avant sa sœur. Même si elle la blâmait pour avoir désobéi, elle ne pouvait supporter l'idée de voir la soirée de Jessica se transformer en un horrible cauchemar.

« Maman, dit-elle au bout d'un instant, si nous allons chercher Jessica, nous n'y verrons plus rien. La nuit sera complètement tombée. Laisse-moi prendre une torche. Toi et moi, nous ferons encore une fois le tour du quartier pendant que Mme Bramble se réconfortera d'une tasse de thé.

— Bonne idée pour le thé, approuva Mme Wakefield. Nous allons le préparer. Mais rester là à attendre ta sœur, non ! Ce qui arrive est sa faute, et elle doit nous aider à réparer ! »

Elizabeth chercha désespérément une échappatoire. Si elle parvenait à retarder le départ d'un autre quart d'heure, avec un peu de chance, Jessica serait rentrée...

« Et si on s'adressait à la police ? s'empressa-t-elle de proposer. On appellerait Jess après ! Qui sait s'ils n'ont pas trouvé Sally ? Un voisin a pu leur signaler la présence d'un chien errant, à un endroit éloigné où nous ne sommes pas allées.

— Vous croyez ? demanda Mme Bramble, pleine d'espoir. Vous pensez que quelqu'un a déjà trouvé ma petite Sally ? »

Elizabeth se dirigea vers le téléphone pendant que sa mère préparait le thé. Elle appela le poste de police, fit une description détaillée de Sally, n'oubliant pas son collier de cuir bleu portant une plaque d'argent. Hélas ! l'officier lui répondit que personne n'avait signalé de chien perdu. Il promit de transmettre le message aux autres postes de la ville. S'il y avait du nouveau, il appellerait Mme Bramble.

Cette conversation avait été trop brève pour que Jessica ait eu le temps de rentrer. La situation était alarmante. Mme Bramble était maintenant certaine que Sally avait eu un accident.

« Si quelqu'un l'avait trouvée, la police aurait été avertie, déclara-t-elle en repoussant sa tasse de thé fumant. Ma pauvre fille y voit à peine... »

En disant cela, la malheureuse devenait livide.

Elle pensait à toutes les choses affreuses qui avaient dû arriver à Sally. Mme Wakefield, elle aussi, blêmissait en voyant disparaître tout espoir chez la vieille dame.

« Je prends les clés de la voiture et je la sors du garage, annonça-t-elle en se dirigeant vers le placard d'un pas décidé. Je vous attends toutes deux devant la maison.

— Un instant, maman, cria presque Elizabeth. Je n'ai pas encore appelé les Fowler !

— Peu importe ! Allons-y et ramenons ta sœur ! »

Cette fois, la situation était vraiment désespérée. Si le trio se rendait chez les Fowler tout de suite, Jessica paierait sa faute très cher. Horriblement cher.

Elizabeth se sentit perdue.

« Une minute, maman, réussit-elle à articuler. Le temps de faire un petit tour à la salle de bains... Une urgence !

— Elizabeth Wakefield, si tu ne te trouves pas devant la maison dans exactement deux minutes, je pars sans toi. »

Que faire ? Bientôt elles arriveraient chez les Fowler, et l'employée de maison apprendrait l'horrible vérité à Mme Wakefield. En montant dans la voiture avec sa mère et Mme Bramble, Elizabeth eut soudain une idée de génie! Pourquoi n'y avait-elle pas songé plus tôt?

«Maman, je crois savoir où se trouve Sally! s'écria-t-elle. Arrête la voiture, je t'en prie...

— Où ça, ma chérie? demanda Mme Bramble, un brin d'espoir dans la voix.

— Chez vous, tout simplement! Elle aura eu le mal du pays, et à la première occasion elle sera retournée chez vous!

— Je n'en suis pas certaine, objecta Mme Bramble. Je ne crois pas qu'elle soit capable de retrouver son chemin, à partir d'ici. Elle n'a jamais parcouru une telle distance toute seule.

— A mon avis, Mme Bramble a malheureusement raison, Liz. Si Sally était plus jeune et plus forte, je ne dis pas...

— La force n'a rien à voir là-dedans... Il suffit d'avoir du flair, insista Elizabeth. Des tas d'animaux retrouvent leur chemin de bien plus loin! Souviens-toi de Lassie!

— Lassie est vraiment revenue chez elle? demanda Mme Wakefield, l'air de douter.

— Bien sûr, et j'ai remarqué que lorsque Sally veut quelque chose, elle ne change pas d'avis facilement!

— Tout à fait de ton avis, reconnut

Mme Wakefield. Nous nous arrêterons à Shady Dale Court. De toute façon, c'est sur le chemin, pour aller chez les Fowler.

— Super!» s'écria Elizabeth, consciente de ce que sa mère partageait ses craintes.

Bien sûr, elle avait hâte d'arriver au domicile de Mme Bramble. Mais elle n'en avait pas pour autant oublié sa sœur...

«Une minute, maman! dit-elle. Le temps d'aller chercher la laisse de Sally.»

Elle bondit dans la maison. Le moindre temps gagné permettrait à Jessica de rentrer chez les Fowler avant leur arrivée.

Elle entendit sa mère klaxonner avec impatience. Aussi, se précipita-t-elle vers la voiture garée devant la maison en priant pour que son plan prenne assez de temps pour qu'elle puisse sauver sa chère et aventureuse jumelle!

10

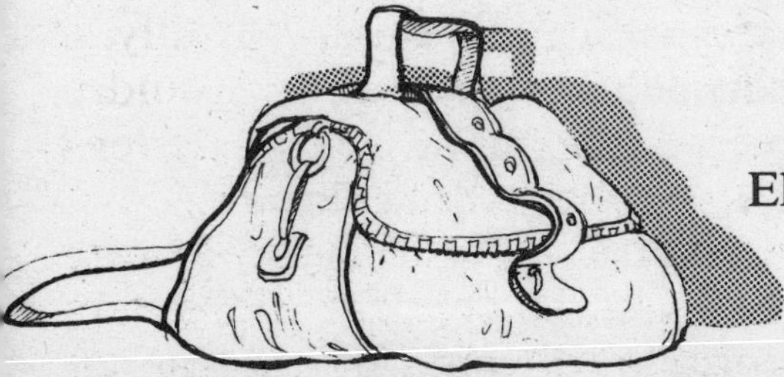

Elle trouva Mme Bramble installée près de la portière. Ainsi, elle pourrait appeler Sally tout au long du parcours. En effet, durant le trajet jusqu'à Shady Dale Court, Mme Bramble regarda par la vitre baissée, essayant de repérer dans la nuit sa petite chienne. De son côté Elizabeth scrutait elle aussi désespérément l'obscurité. Mais elle ne vit rien, sinon des rues vides, et des allées bien tracées qui conduisaient aux maisons. En arrivant devant la demeure de Mme Bramble, Elizabeth crut qu'elle allait fondre en larmes.

La voiture s'avança dans l'allée principale et ses occupantes n'aperçurent pas la moindre trace de l'épagneul. Mais Elizabeth refusait de perdre espoir. Elle descendit de la voiture et se mit à appeler Sally. Mme Bramble l'imita, tandis que Mme Wakefield tournait la voiture de façon à éclairer le jardin avec les phares. Elles atteignirent enfin toutes trois le seuil de la maison. Aucune trace de Sally. Peu importait à Elizabeth de maculer ses chaussures de boue. La seule chose qui comptât pour elle, à ce moment-là, c'était de retrouver Sally, et de mettre fin au malheur qui frappait Mme Bramble.

Peine perdue! Pas la moindre empreinte de patte, et c'est finalement Mme Bramble qui décida de regarder la situation en face, quoi que cela pût lui coûter.

« Cela ne sert à rien, dit-elle, tandis que des larmes coulaient le long de son visage. Ma petite Sally est partie, et nos recherches dans l'obscurité n'y changeront rien. »

Elle retourna courageusement vers la voiture, mais la fatigue se lisait sur ses traits tirés.

« Je vous en prie, si vous vouliez bien m'aider à porter mes valises... »

Très déçues, Elizabeth et sa mère

accompagnèrent Mme Bramble jusqu'à la voiture, prirent ses bagages et la suivirent jusqu'à la porte de sa maison, qu'elle ouvrit aussitôt. La vieille dame éclaira, et ses compagnes la suivirent tristement.

Au beau milieu du salon, l'air amusé, se tenait... Sally!

« Oh, ma chérie! Ma chérie! Ma petite Sally! » s'écria Mme Bramble en tombant à genoux près de l'épagneul.

Elle ne pouvait rien dire d'autre, tant elle était occupée à couvrir la chienne de baisers, et elle se mit à la bercer dans ses bras.

Elizabeth se sentit soulagée. Heureuse. Elle regarda sa mère et elles s'écrièrent d'une seule voix :

« Dieu merci! »

Elizabeth se sentit tout aussi heureuse que si Sally lui avait appartenu. Elle passa un bras autour des épaules de sa mère, et toutes deux contemplèrent avec plaisir ce touchant spectacle. Une question, toutefois, la tourmentait.

« Madame Bramble, demanda-t-elle au bout d'un moment. Je sais que Sally n'est pas une chienne comme les autres, mais comment a-t-elle bien pu faire pour entrer dans la maison ?

— C'est tout simple. Ma petite chérie est passée par sa propre porte, répondit Mme Bramble en se levant. Suivez-moi ! »

Elle conduisit Elizabeth et sa mère vers la cuisine.

« Vous voyez, j'ai aménagé une petite ouverture dans la porte de la cuisine, de façon qu'elle puisse sortir dans le jardin lorsqu'elle en a envie. Vous savez, à mon âge, ce n'est pas toujours facile de sortir un chien aussi souvent qu'il le souhaite. »

En effet, un carré avait été découpé dans la porte qui donnait sur l'arrière de la maison. Une fermeture magnétique permettait au petit battant de se refermer ; Sally n'avait qu'à pousser pour rentrer ou sortir quand elle le voulait.

Le mystère était éclairci. Mais ni Elizabeth ni sa mère n'avaient envie de partir. La scène qui se déroulait sous leurs yeux était si touchante...

Elizabeth proposa à Mme Bramble de donner à manger à Sally et, quelques minutes plus tard, elles regardaient l'épagneul dévorant un bol de sa nourriture préférée.

Maintenant qu'elle avait retrouvé sa petite Sally, Mme Bramble avait l'impression de revivre. Elle mit de l'eau à chauffer et disposa trois tasses sur la table.

« Détendons-nous et prenons le thé ! » proposa-t-elle.

En effet, lorsqu'elles furent installées dans la cuisine proprette, Elizabeth se mit à déguster les petits gâteaux que Mme Bramble sortit d'un joli coffret. Elle se sentait calme, tout à fait à son aise, et elle fit grandement honneur à ces délicieuses pâtisseries.

La conversation à bâtons rompus porta sur le voyage de Mme Bramble et le séjour de Sally chez les Wakefield.

Repue, la chienne s'installa sous la chaise de sa maîtresse, tandis que cette dernière et ses visiteuses parlaient comme de vieilles amies. Le temps passait vite et d'une façon fort agréable. Soudain Mme Wakefield se souvint de Jessica.

« Je suis vraiment désolée de ce qui s'est passé, dit-elle à Mme Bramble. Je crois qu'il n'y aura aucun moyen de réparer tout cela. Avec votre permission, j'ai l'intention d'exiger que Jessica vienne vous demander, ce soir même, de l'excuser pour son indélicatesse.

— Vous n'y êtes pas ! s'exclama Mme Bramble. Je ne veux absolument pas d'excuses. Maintenant que ma petite fifille est là, je suis comblée.

— Je le sais, répliqua Mme Wakefield en souriant. Mais je crois qu'il est important que ma fille apprenne à ne pas prendre ses responsabilités à la légère. Et je vous serais reconnaissante de m'aider dans ce sens. Elle a besoin d'une bonne leçon.

— Très bien, dit lentement Mme Bramble. Je veux bien accepter ses excuses, mais c'est une enfant si délicieuse ! »

Mme Wakefield et Elizabeth prirent congé et se mirent en route vers la demeure des Fowler. Elizabeth insista beaucoup pour aller seule chercher Jessica. Elle avait la certitude que sa sœur préférerait apprendre de sa bouche l'horrible nouvelle, avant de se retrouver devant leur mère. Mais une nouvelle plus terrible encore attendait Elizabeth au moment où sa mère arrêta la voiture.

« Tu n'oublieras pas de lui dire que j'exige qu'elle restitue l'argent que lui a donné Mme Bramble. Je veux absolument qu'elle le lui rende, déclara Mme Wakefield.

— Mais, maman...

— Il n'y a pas de mais ! Je ne permettrai pas qu'une de mes filles accepte de l'argent pour un travail qu'elle n'a pas fait. Si elle ne l'a pas sur elle, nous irons à la maison le chercher. Mais de toute façon, j'exige que cet argent soit restitué ce soir même. »

Elizabeth était effondrée. Où sa sœur jumelle trouverait-elle 25 dollars pour rembourser Mme Bramble ? L'argent que Jessica avait gagné, elle l'avait aussitôt dépensé pour acheter sa place de concert. Inutile d'essayer de faire changer sa mère d'avis. Comment Jessica s'y prendrait-elle pour rassembler l'argent ? A ce moment-là, Elizabeth n'aurait pas voulu être à la place de sa sœur pour tout l'or du monde !

En appuyant sur la sonnette des Fowler, Elizabeth avait du mal à maîtriser son anxiété. Mais lorsque la porte s'ouvrit, elle eut davantage envie de gronder Jessica que de l'aider. Devant elle se tenait sa jumelle, plantée au beau milieu de l'entrée dallée de marbre. Et, comble de stupeur, elle portait la robe toute neuve qu'Elizabeth avait achetée pour la soirée des sixièmes ! Elle ne trouva pas un mot à dire. Sa colère et son étonnement furent à leur comble lorsqu'elle découvrit que Jessica avait mis les boucles d'oreilles destinées à Mme Wakefield.

« Comment as-tu pu faire une chose pareille ? parvint-elle à articuler au bout d'un moment, les yeux fixés sur la robe crème et les chaussures de cuir fin. J'ai acheté tout ça avec mon propre argent de poche. J'ai économisé depuis des mois ! Et j'ai économisé aussi depuis des mois, pour les boucles d'oreilles de maman... »

Elizabeth n'en était pas à sa dernière émotion. Elle venait de découvrir que sa jumelle ne portait qu'une seule boucle d'oreille.

Suivant son regard, Jessica mit les mains à ses oreilles et constata qu'elle en avait perdu une.

« Ne t'inquiète pas. Elle doit être dans la maison. Je t'en supplie, Lizzie ! Aide-moi, on va la chercher ! » Et sans même demander à sa sœur pourquoi elle était là, Jessica tourna les talons et se mit à gravir l'escalier monumental. Elizabeth la suivit et, quelques minutes plus tard, les deux sœurs, agenouillées sur la moquette, passaient au peigne fin le sol de la chambre de Lila Fowler.

Celle-ci les rejoignit et elles poursuivirent toutes trois leurs recherches. Soudain, Elizabeth se souvint que sa mère les attendait dans la voiture, devant la maison.

« Ce n'est pas la peine. Laissons tomber. La boucle n'est pas ici.

Tu as dû la perdre au concert. »

Elle se leva et se dirigea vers l'escalier.

« Viens ! Tu n'es pas au bout de tes peines, ce soir ! »

Jessica rassembla ses affaires à la hâte et les enfouit dans son sac de voyage. Elizabeth lui expliqua ce qui se passait.

« Remarque, cela aurait pu être pire, dit-elle à sa jumelle. Imagine que nous n'ayons jamais retrouvé Sally ! Mais maman est furieuse, et elle exige que tu présentes des excuses à Mme Bramble, ce soir.

— Liz ! Tu ne lui as rien dit. Je veux dire... tu ne lui as pas parlé du concert ? demanda-t-elle avec un regard plein de terreur.

— Bien sûr que non ! Je sais, Jessica, que tu es la sœur la plus insupportable, mais je ne t'aurais jamais fait un coup pareil. »

Mettant un genou sur le sac énorme, elle aida sa sœur à le fermer avec la fermeture Eclair.

Les jumelles dirent un rapide au revoir à Lila et se précipitèrent dans l'escalier. Une fois à la porte, Elizabeth s'arrêta brusquement : elle avait oublié d'apprendre à Jessica la pire des nouvelles.

« Si tu savais... Maman veut que tu rendes l'argent à Mme Bramble !

— Qu'est-ce que tu racontes ?

— Tu as bien compris ! Elle exige que tu restitues l'argent que Mme Bramble t'a donné. Tout de suite. Ce soir.

— Mais c'est impossible ! s'exclama Jessica.

— Je le sais bien, Jess. Mais ce ne sera pas facile de le faire admettre à maman ! »

Elizabeth ouvrit la porte et elles se dirigèrent vers la voiture.

« Liz, souffla Jessica, tu ne pourrais pas me prêter un peu d'argent ?

— Tu sais bien que non, répondit Elizabeth. Le peu qu'il me reste, il me le faudra pour remplacer la boucle d'oreille que tu as perdue ! »

La mort dans l'âme, Jessica se glissa sur le siège arrière de la voiture.

« Maman, Elizabeth m'a tout dit au sujet de Sally. Je suis désolée. Vraiment désolée. Je n'aurais pas voulu faire de la peine à Mme Bramble.

— Et tu lui en as fait ! Tout ça pour

passer une nuit chez Lila! Je suis vraiment déçue, Jessica.»

Ce qui fit le plus de mal à Jessica, ce ne fut pas la punition que sa mère allait lui infliger, mais plutôt le fait de l'avoir déçue à ce point. Ses yeux s'emplirent de larmes.

Mme Wakefield mit le moteur en marche et conduisit en silence jusqu'à la demeure de Mme Bramble.

«Moi qui étais si heureuse que tu aies trouvé un petit travail, ma chérie! s'exclama-t-elle. Je n'aurais jamais cru qu'une petite difficulté te fasse renoncer. Mais au lieu de l'affronter, tu as préféré partir. D'ailleurs, Steve et Elizabeth ont passé beaucoup plus de temps à prendre soin de Sally que toi.»

Jessica était trop honteuse pour répondre. Lorsqu'elles arrivèrent devant la maison de Mme Bramble, elle ne descendit pas tout de suite de la voiture. Elle cherchait en vain ce qu'elle dirait à la vieille dame. Elle préférait rester dans l'auto, à écouter les reproches de sa mère, que de se retrouver en face de quelqu'un vis-à-vis de qui elle n'avait pas tenu parole.

«Je me demande ce que tu vas lui dire! déclara Mme Wakefield, comme si elle devinait les pensées de sa fille. Mais j'exige que tu lui montres clairement que tu regrettes ce qui s'est passé. Mme Bramble n'a pas de famille, et tout ce qu'elle possède, c'est la chienne qu'elle a failli perdre à jamais par ta faute.

— Je le sais, maman, murmura Jessica tandis qu'elle se remettait à pleurer.

— Jessica, dit sa mère en posant un bras sur son épaule. Je sais bien que tu ne l'as pas fait exprès et je pense que Mme Bramble sera très compréhensive... »

Jessica descendit lentement de la voiture et se dirigea vers la maison. Il y avait de la lumière à la fenêtre de la cuisine, et elle distingua la silhouette de la vieille dame. A ce moment-là, elle souhaita qu'Elizabeth l'accompagne ! Sa sœur jumelle trouvait toujours le mot juste. Mais, cette fois, elle n'osa pas le lui demander. Elle ôta l'unique boucle d'oreille qui lui restait et la glissa dans sa poche. Puis elle appuya sur le timbre. Elle entendit la sonnerie retentir et se propager à l'intérieur de la maison. La porte s'ouvrit bientôt. Jessica prit une profonde inspiration et se prépara à affronter Mme Bramble toute seule.

11

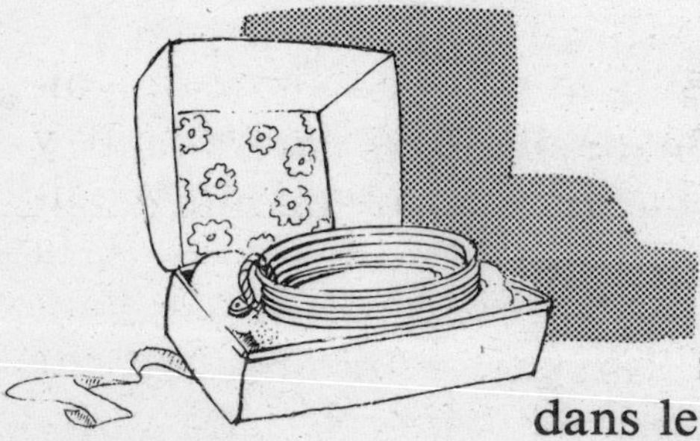

Jessica se retrouva dans le salon confortable et chaud où Mme Bramble l'avait reçue le premier jour. Mais, cette fois, le doux visage de la vieille dame paraissait fatigué, et le sourire éclatant de Jessica avait fait place à un air anxieux. Il y avait une chose, toutefois, qui était absolument identique. Regardant sous la couverture bleue, Jessica trouva le vieil épagneul à sa place favorite, l'air heureux, et elle aussi, elle se sentit très heureuse de revoir cette drôle de petite chienne.

«Je suis tellement contente que vous

ayez retrouvé Sally, madame Bramble! commença Jessica. Si vous saviez comme je regrette de l'avoir perdue!»

Elle sentit ses yeux s'emplir de larmes.

«Je le sais, ma chérie, dit Mme Bramble. Et je suis sûre que la prochaine fois que vous aurez à vous occuper d'un plus petit que vous, ou d'un être sans défense, vous n'oublierez pas la leçon d'aujourd'hui.»

Jessica aurait aimé disparaître. Mme Bramble avait en quelque sorte la même façon de lui faire la morale que sa mère. La pensée que cette dame, si bonne, pourrait désormais se méfier d'elle lui faisait horreur.

«Vous savez, Jessica, reprit Mme Bramble, Sally a pris grand soin de moi à un moment de ma vie où j'avais besoin d'affection et d'amitié. Maintenant qu'elle est vieille, c'est à moi de prendre soin d'elle.»

Le regard de la vieille dame se dirigea vers deux pattes brunes qui pointaient de sous le canapé.

«Je... Je... Je n'aurais jamais pensé que Sally soit si âgée, déclara Jessica en se souvenant de la façon dont elle avait poursuivi la chatte des Blaney.

— Enfin, par chance, votre faute n'a pas coûté sa vie à Sally, ni à moi. Mais j'espère que vous comprendrez que cela aurait pu arriver.

— Bien sûr, madame Bramble», murmura Jessica en se faisant toute petite. Une boule dans la gorge l'empêchait de respirer et de parler. «Maman veut que je vous rende l'argent que vous m'avez donné. Et elle a raison. Je ne l'ai pas mérité. Je ne l'ai pas gagné. Seulement voilà, j'aurais bien aimé le faire, mais c'est impossible, car je...

— Je sais bien que vous ne pouvez pas me rendre cet argent, ma chérie, dit Mme Bramble en souriant à Jessica. Vous l'avez déjà dépensé pour faire un cadeau à votre maman.

— Oui, c'est ça, chuchota Jessica en se souvenant de la façon dont elle s'était débrouillée pour avoir l'argent avant même de s'être occupée de Sally.

— Vous étiez très pressée, remarqua Mme Bramble, et j'espère que vous avez vraiment acheté quelque chose de très bien pour votre maman. Même si vous êtes un peu étourdie, je crois que vous avez un cœur en or.

— Eh bien non, ce n'est pas le cas!»

Cette remarque laissa Jessica elle-même toute surprise. Elle s'entendit dire d'une voix ferme et claire :

«Je n'ai pas un cœur d'or. Pas du tout!

— Mais qu'est-ce que vous voulez dire, ma chérie ?

— Je veux dire que je me suis conduite de façon horrible. J'aimerais disparaître ! »

Tout à coup, Jessica eut l'envie folle de tout avouer à Mme Bramble.

« Vous savez... Je... C'était pour aller au concert de Johnny Buck et écouter *Saturday Blues*.

— Johnny Buck ? répéta Mme Bramble, étonnée.

— Oui, c'est un chanteur de rock, et il se produisait justement, aujourd'hui, en fin d'après-midi, à Sun Valley. »

Jessica raconta à Mme Bramble tout ce qui s'était passé. Comment elle avait attendu une année entière pour voir son idole. Comment tous les jeunes de la ville souhaitaient assister à ce concert. Et elle parla même du refus de ses parents de la laisser aller au spectacle.

« Vous voulez dire que vous avez désobéi à vos parents ?

— Et je n'ai pas du tout acheté de cadeau à ma mère. J'ai utilisé tout l'argent pour mon billet. J'ai emprunté la plus jolie robe de ma sœur, sans lui en demander la permission, et j'ai perdu une des boucles d'oreilles de maman. Et j'ai très mal surveillé votre chienne. C'est en fait Elizabeth qui la promenait : j'ai une peur bleue des chiens. »

Maintenant Jessica sanglotait dans ses mains. Tout son corps tremblait. Mme Bramble s'assit près d'elle et se mit à caresser sa chevelure blonde d'un geste très doux.

« Allons, allons, ma chérie ! Je ne connais pas du tout *Blue Saturdays,* mais je connais bien les jeunes filles.

En particulier, j'en connais une qui avait teint ses cheveux en roux, malgré la défense de sa mère.

— C'est vrai? demanda Jessica, en cessant de sangloter.

— Oui. Je la connais très bien. Et je peux assurer que cela ne l'a pas empêchée de devenir une femme fort respectable, dit Mme Bramble, en souriant à Jessica avec des yeux pétillants. Pour tout vous avouer, c'est de moi qu'il s'agit...

— Quoi?

— C'est vrai. J'étais allée chez une amie, lorsque j'avais à peu près votre âge. Et, cette amie et moi, nous avons fait les choses les plus honteuses.

— Lesquelles? questionna Jessica, les yeux rougis par les larmes.

— Vous voulez savoir? Eh bien nous avons teint nos chevelures au henné, et nous nous sommes fait percer les oreilles. A mon retour, ma mère m'a regardée et a fondu en larmes.»

Jessica se mit à rire de bon cœur.

«Et vous avez été punie?

— Bien sûr!» dit Mme Bramble.

Elle se dirigea vers la cuisine et revint bientôt avec un plat de petits gâteaux.

«Je n'ai plus eu le droit d'aller rendre visite à mon amie pendant un mois, et le pire, c'est que j'ai été obligée de vivre avec cette horrible chevelure jusqu'à ce que mes cheveux aient repoussé. »

Elles se mirent à rire et Jessica, tout en faisant honneur aux gâteaux, se sentit mieux.

« Je suis très contente de ne pas devoir porter des cheveux de cette couleur, dit-elle. Mais je me demande comment je vais faire, avec mes parents.

— Je crois qu'à partir du moment où vous vous repentez, vous serez pardonnée.

— Madame Bramble, je suis vraiment désolée. Je ne peux pas vous restituer l'argent.

— Pour le moment... Mais vous pourrez faire un petit travail, Jessica. Je vais dire à votre maman que je refuse que vous me rendiez l'argent, mais qu'à la place, je vous propose de promener Sally chaque jour pendant un mois.

— Un mois ?

— Oui, ma nièce va venir passer un mois ici. Elle habite le Maryland. Quand je ferai mon ménage, vous pourrez vous occuper de Sally. Ainsi, elle aura un peu d'exercice. Vous ne trouvez pas que c'est la solution idéale ?

— Un mois tout entier ?

— Chaque matin, avant l'école, et chaque soir avant le dîner.

— Même le samedi ?

— Même le dimanche. »

Jessica baissa la tête. Elle entendait Sally ronfler sous le canapé. Un mois tout entier à promener cette véritable boule d'énergie au bout d'une laisse... Un mois tout entier, à s'arrêter à chaque pas pour entendre les louanges de ce « mignon petit chien » ...Un mois de torture.

« C'est la meilleure solution », reconnut-elle en souriant.

Elizabeth, Jessica et leur mère rentrèrent bientôt à la maison. Elles découvrirent Steve qui, de retour du concert, pillait le réfrigérateur.

Jessica se sentait tout heureuse d'être en famille, même avec Steve. Elle poussa son frère et lui vola un cornichon qu'il venait de prendre.

« Ne te gêne pas, s'écria celui-ci. Tu exagères !

— Vas-y ! Je suis d'excellente humeur. Tu peux me chahuter tant que tu voudras.

— Qu'est-ce qui lui arrive ? s'étonna Steve, en regardant sa mère et Elizabeth qui s'installaient à la table pour un petit en-cas. Je croyais qu'elle serait d'humeur massacrante, en ayant raté le concert de Johnny Buck.

— J'aurais dû l'être, reconnut Jessica. Mais après tout ce que j'ai entendu au sujet du spectacle, c'est comme si j'y avais assisté», dit-elle avec un coup d'œil à Elizabeth qui avait un mal fou à ne pas éclater de rire. Cela la rassura. Si elle arrivait encore à amuser sa sœur jumelle, tout allait pour le mieux.

Et elle avait raison. Dès qu'elles eurent terminé leur petit repas, les filles se précipitèrent dans la chambre d'Elizabeth. Jessica voulait régler ses comptes avec sa sœur. Elle lui devait des excuses et elle avait un cadeau à lui remettre.

Ouvrant la fermeture Eclair de son sac de voyage, elle en tira la casquette de Johnny Buck.

«Je n'ai pas pu obtenir d'autographe, et je n'ai même pas pu lui parler. Mais je sais que cela te ferait plaisir de l'avoir dans ta chambre, dit-elle en tendant le couvre-chef à Elizabeth avec un sourire plein d'affection. Liz, je suis vraiment désolée pour ce qui s'est passé. J'aimerais que tu me pardonnes.

— A la condition que tu quittes immédiatement ma robe et que tu me promettes de la laver et de la repasser avant la soirée, expliqua Elizabeth en souriant.

Au fait, Jess, j'ai un cadeau pour toi. Un cadeau de Mme Bramble. Elle m'a demandé de te le remettre.»

Elizabeth tendit le petit paquet que Mme Bramble lui avait donné quelques heures plus tôt.

«Ouvre-le vite! Je suis sûre qu'elle veut toujours te l'offrir!»

Jessica ôta le papier d'un geste lent. Lorsqu'elle eut ouvert la petite boîte, elle la tendit à Elizabeth.

«Bien sûr, cela n'a rien à voir avec les jolies boucles d'oreilles que tu avais

achetées pour maman, dit-elle, mais cela fera tout de même un très beau cadeau pour son anniversaire. Tu ne crois pas?»

Elizabeth regarda à l'intérieur de la boîte. Posé sur du coton, il y avait un bracelet. Six liens d'argent retenus par un fermoir en or... Un bijou comme Elizabeth n'en avait jamais vu.

«Je veux que ce soit toi qui le lui donnes», dit Jessica en jetant un long regard sur le bracelet. Elle aurait bien aimé le garder pour elle, mais sa mère et sa sœur le méritaient bien plus qu'elle. Elle était sûre que Mme Bramble comprendrait cela.

«Il sera un cadeau de nous deux», assura Elizabeth en se tournant vers sa sœur. Elle passa une main sur son épaule et l'attira vers le miroir de la salle de bains.

«Regarde! Des copies conformes!»

Jessica jeta un coup d'œil dans la glace. Elle y vit l'image de deux filles blondes, aux yeux turquoise, absolument identiques. La seule petite différence résidait dans le fait qu'elle portait une robe beige pâle, tandis qu'Elizabeth avait revêtu un jean et un pull-over. Les cheveux de sa sœur étaient retenus par deux barrettes de couleur vive. Pour sa part, Jessica avait laissé les siens libres sur ses épaules.

«Tu as raison, dit-elle à sa sœur d'un ton grave. Nous nous ressemblons certainement; nous sommes des jumelles, mais nous sommes très différentes, en réalité. Pourtant ne t'inquiète pas, Elizabeth. A partir de maintenant, j'essaierai de te ressembler. J'essaierai de devenir honnête, fière et bonne comme toi.

— Ça ne sera pas drôle, Jess, répliqua sa sœur.

— Possible, mais nous aurons moins d'ennuis, déclara Jessica, l'air sérieux. Tu verras, Elizabeth, je vais devenir tellement réfléchie, tellement bonne que personne ne me reconnaîtra. Demain matin, la première chose que je ferai sera d'aller chez Mme Bramble et... »

Elle s'arrêta subitement, l'air horrifié :

« Oh non !

— Qu'est-ce qui t'arrive ? demanda Elizabeth, étonnée par le changement d'humeur brutal de sa sœur.

— J'ai promis à Mme Bramble, demain...

— Et alors ?

— Et alors, j'ai complètement oublié une importante réunion que doivent tenir les Licornes, le matin. Oh Liz, je t'en supplie, pourrais-tu m'aider une fois encore ? Tu sais que Mme Bramble a du mal à nous reconnaître. Elle nous confond. Si tu allais promener Sally à ma place ? Promis, juré, je ne te le demanderai pas une autre fois.

— Tu ne changeras donc jamais s'exclama Elizabeth en éclatant de rire.

— Qu'est-ce qui te rend si gaie ? voulut savoir Jessica, perplexe. J'allais justement te réclamer un autre service.

— Je m'en doutais, déclara Elizabeth, mais je ne suis pas sûre de pouvoir te le rendre. Tu vas devoir promener Sally toi-même, comme tu l'a promis, et il te faut rapporter toutes les affaires de Sally, toi-même aussi. »

Elle sourit encore à sa sœur et ajouta :

« Il y a quelques minutes, tu semblais avoir vraiment changé. Mais maintenant, je sais que j'ai retrouvé ma sœur paresseuse et maligne comme pas une. Et tu sais ce qui se passe ? Je crois que je vais t'aider ! »

Jessica embrassa sa jumelle, quitta sa robe et la mit sur un cintre.

« Tu ne changeras jamais, Liz ! Si je devais choisir quelqu'un, dans le monde entier, comme sœur, c'est toi que je choisirais ! » Puis, se souvenant de sa promenade avec Sally : « S'il y avait quelqu'un que je ne choisirais pas, en revanche, comme voisine, c'est la fille qui vient de s'installer à côté.

— La fille qui vient de s'installer à côté ?

— Oui, Brenda Dennis. Sa famille et elle ont emménagé dans la maison des Logginses. Je lui ai donné un surnom : Brenda la Mégère !

— Je crois l'avoir déjà rencontrée. Ce surnom lui va à ravir, déclara Elizabeth en se souvenant de la fille à la langue bien pendue, qui lui avait ouvert sa porte alors qu'elle recherchait Sally.

— Je suis sûre que tout le monde, à l'école, va l'appeler de cette façon. Si elle n'aime pas une chienne comme Sally, je me demande comment elle doit être avec les gens.

— Elle n'aime pas Sally?

— Et pourtant ce pauvre toutou ne cessait de la lécher. Même que ta petite sœur n'arrivait pas à arrêter ces débordements d'affection.

— Eh bien! Tu peux croire que ceux qui feront du mal à notre petite Sally n'auront pas mon estime. Mais donnons-lui sa chance.»

Elizabeth savait combien sa sœur portait des jugements hâtifs sur les gens, et elle n'ignorait pas non plus qu'il lui arrivait de se tromper. Cela avait été le cas pour Amy Sutton.

«Après tout, j'aimerais bien savoir ce que tu éprouverais si tu arrivais dans une nouvelle école en cours d'année.

— Je ne me sentirais pas aussi mal à l'aise que Brenda la Mégère va l'être! s'écria Jessica en s'écroulant sur le lit d'Elizabeth. J'ai d'ailleurs ma petite idée là-dessus... »

Est-ce que Jessica
est la seule à faire des plans,
à avoir des projets au sujet
de Brenda Dennis ?
Si vous voulez le savoir, lisez
La Nouvelle,
le sixième volume de la série
« Les jumelles de Sun Valley ».

IMPRIMÉ EN FRANCE PAR BRODARD ET TAUPIN
Usine de La Flèche, 72200.
Loi n° 49-956 du 16 juillet 1949 sur les publications destinées à la jeunesse.
Dépôt : mai 1988.